オナカシロコ

onakashiroko

短歌日記 2019

藤島秀憲

Hidenori Fujishima

ふらんす堂

イチガツ

一月一日㈫

飲みたりぬまま帰り来て飲みたりぬ心のためにつくる雑炊

この町に来て三度目の正月。近くの瀬田玉川神社で午前〇時を迎えた。境内には樽酒、甘酒、汁粉が用意され、参拝に来た人に振る舞われる。私は樽酒を少しいただく。

三谷幸喜監督の「みんなのいえ」と「ステキな金縛り」をコタツに入って観る。この二本は三谷映画の中では、かなり好きなランクに入る。「みんな」は田中邦衛、「ステキな」は西田敏行、二人が存在感を示していて、忘れがたい。名優とは忘れがたい存在感を持つ人である。

一月二日(水)

一合ですっかり酔える酔うならばいつもの酒をいつもの人と

買い物のついでに金沢の銘酒「加賀鳶」の福光屋へ。加賀鳶で日本酒のおいしさを知った。でもたくさんは飲めない。昨日から高橋順子さんの『夫・車谷長吉』を読み返している。この本は奥田亡羊さんにもらったもの。奥田さん曰く「藤島さんのことを思いながら読みました」。なぜ思われてしまったかはわからないまま、間もなく読み終る。

一月三日（木）

牢獄の匂い嗅ぎつつ観ていればエンディングロールたちまち来たり

コタツに入ってベルナルド・ベルトルッチ監督の「ラストエンペラー」を観る。みかんと品川巻を用意していたが、手を付けることなく二時間四十分が過ぎる。

一月四日㈮

谷保駅はYahoと読むべしYahoo!とぞ初めて降りた日には読みしが

初出勤。電車が空いている。武蔵溝ノ口から谷保まで座って行けた。岩波文庫の『斎藤茂吉歌集』を開いたが十首ほどで寝てしまう。夜はタナダユキ監督、蒼井優主演の「百万円と苦虫女」を観る。私のふるさと上尾の町が出て来る。「松栄堂は和菓子屋で、かたやは洋品店」と映し出される駅前の商店街を妻に解説しながら観る。さぞうるさかったことだろう。

一月五日（土）

世田谷の畑に来たる寒すずめ
日差しのなかにふくふく太る

おせち料理でいつも最後まで残るのが田作り。イワシを田んぼの肥料にしたから、この名が付いたという。世田谷に田んぼはあるのだろうか？　畑はところどころにあって、ブロッコリーの自動販売機なるものもある。

一月六日(日)

手直しはあしたの朝のひと仕事まちくたびれた舌に酒乗す

「歌壇」に連載している「短歌の周囲」の三十六回目を書く。今回取り上げたのは馬場あき子さんの歌集『あさげゆふげ』、玉城入野さんの散文集『フィクションの表土をさらって』、鎌田伸弘さんの詩集『網棚のうえのリヴァイアサン』。

一月七日（月）

指先の赤いインクを気にしつつ石狩鍋の灰汁を掬えり

所用があり渋谷へ。渋谷川に沿って歩く。渋谷川といえば斎藤茂吉の〈家いでてわれは来しとき渋谷川に卵のからがながれ居にけり〉を思うのだが、この歌が詠まれた大正十四年に比べれば川の様子はずいぶん変わっている。今じゃ水はあまり流れていない。もちろん卵の殻も流れていない。再開発されてステキな遊歩道がある。遊歩道を歩いても川の存在に気づく人は少ないだろう。「卵のから」によって渋谷川は生活の中を流れていたということがわかるわけだが、今の渋谷川は生活とはかけ離れたところに「置かれた」存在だ。

一月八日㈫

動脈に溜まるコレステロールあり人が詰まれば電車は混めり

出勤。昼は学園内の食堂。日替わり定食（五三〇円）を「ごはん少なめ」で食べる。体脂肪を測定したら「隠れ肥満」と診断されたため。ポール・オースターの『ガラスの街』を柴田元幸の訳で読む。

一月九日(水)

生簀《いけす》には馬面《うまづら》剥《はぎ》の二匹おり
低カロリーの白身がおよぐ

埼玉県桶川市へ。昼は駅前の庄やで海鮮丼。午後は「さいたま文学館」で歌会。三年前の六月にスタートしたから「みなづき短歌会」という。会員の小木曽友さんの第一歌集『神の味噌汁』が出たので、軽くお祝いをする。

一月十日㈭

紀伊國屋書店玉川髙島屋店でわたしを呼びとめた雨

生協へ。妻の母に会い、苺を買ってもらう。妻の実家はわが家から歩いて三分。だから買い物する店が同じなのだ。サマセット・モームの『雨・赤毛』を中野好夫の訳で読む。

一月十一日㈮

皺なれど深めてよきは笑いじわポストが赤いだけでも笑え

仕事帰りに「ボヘミアン・ラプソディ」を観る。これが二度目。同じところで笑えたが、同じところでは泣けなかった。涙には免疫力があるらしい。今回もブライアン・メイ役のグウィリム・リーの演技に目が行く。

一月十二日㈯

ベローチェに行きてようやく作りたる下句《しものく》さえも斬って捨てらる

「心の花」東京歌会の新年歌会&新年会。中野サンプラザに八十人が集まる。歌会の題は「来」。簡単なようで難しい題だが、いい歌が集まる。いい歌が多い歌会は、それだけで楽しい。会計係の妻はお釣りと電卓を持参。

一月十三日(日)

お通しを連れてジョッキの中《ちゅう》が
来る山にかくれて入り日は赤し

短歌を始めて二十年、「心の花」に入って十九年、酒が飲めるようになって三年。お通しの無い居酒屋が本当は好きなのだが……。でも、「うまいもん酒場えこひいき」二子玉川店の油揚げの煮物は素朴で食べ飽きない。

一月十四日（月）

うまい棒くばる男と竹を吹く
虚無僧のいる乗り換えの駅

沢田研二がコンサートを中止した、あの「さいたまスーパーアリーナ」で歌会。とは言っても二万人以上収容できるメインアリーナではなく、同じ建物内にあるＮＨＫ文化センター。参加者は十三人なのに「みんなの短歌」と盛大な名だ。

一月十五日㈫

野良猫のオナカシロコの背中にも元《もと》成人の日の風がふく

出勤。早く着いたので谷保駅前のモスバーガーでコーヒー。使用する野菜の生産者が掲示されていて、トマトは永田和宏さんが作っている。もちろん歌人の永田和宏さんではなくて同姓同名の人なのだが、多方面に活躍する永田さんならトマトを作っていても不思議はないと思ってしまう。帰宅後コンビニにボールペンを買いに行き、近所に住んでいる可愛い猫に会う。私と妻はオナカシロコと呼んでいるが、ナタリーと呼ぶ人もいるだろう。

一月十六日㈬

空き腹に収める穴子ガリたま
ごビール飲むには二時間早い

横浜ランドマークタワーのＮＨＫ文化センターで午後四時から六時まで「短歌ハッピーアワー」。担当者に「講座の名前はどうしましょう?」と訊かれて、なかば冗談で「ハッピーアワーの時間帯ですね」と言ったら採用された。講座の前に立喰い寿司で腹ごしらえする。三八〇円也。

一月十七日㈭

あきらめて行きし経営学科なり酒の不作法見つつ覚えき

出勤。昼休みに近くの製菓専門学校にパンを買いに行く。月に何度か販売日があって、学生が作ったパンやケーキを売る。学生たちを羨ましく思うのは、私も調理師学校に行きたかったから。高校三年のとき、大阪あべの辻調理師専門学校の入学案内を取り寄せたりもした。

夜は「うた新聞」に連載中のエッセイ「物語るうた」の三十五回目を書きはじめるが三分の一ほどでダウン。

一月十八日㈮

雪客《せっかく》の鷺は食《け》をとる太々
と自治の境を流れる川に

明日のNHK全国短歌大会に向けて学園内は大忙し。行き帰りはP・G・ウッドハウスの『ジーヴズの事件簿　才智縦横の巻』を読む。「皇后陛下もご愛蔵。」と帯に書いてある。蔵書スペースが極めて狭いわが家ではたぶん愛蔵できない。「物語るうた」の昨日のつづきを書き、一応完成。三井ゆきさんの『池にある石』と花山周子さんの『林立』から引用させてもらった。

一月十九日(土)

寝てしまうつもりで観はじめたるシネマ雪の逃走シーンに目覚む

渋谷のNHKホールへ。NHK全国短歌大会。来賓受付に立ったり、受講相談コーナーに座ったり。帰宅後、コタツでテオ・アンゲロプロス監督の「霧の中の風景」を観る。観るのは三度目か四度目。テオ監督の作品では「永遠と一日」が一番好き。

一月二十日(日)

献じおり誰も誰もがこの夜
の酒の時間を小紋潤氏に

「心の花」三月号の編集のために佐佐木幸綱先生のお宅へ。わが家から歩いて十分。黒岩剛仁、谷岡亜紀、田中拓也、奥田亡羊、佐佐木頼綱、倉石理恵、笹本碧のみなさんと割付作業。終わって、幸綱先生が加わり食事。昨年末に亡くなった小紋潤さんもかつてはここにいた。

一月二十一日（月）

はばたかず（とはいえ時に羽ばたきて）鳶は楕円を冬空に描く

藤沢の朝日カルチャー湘南教室で「短歌実作講座」。終わって江の島に海を見に行く。埼玉県で生まれ育った私は数えるほどしか海を見ていない。うれしくなって、加山雄三の「海その愛」を波に向かい歌う。帰宅して妻・誉田恵子の小説『パインとワインのものがたり』を読み返す。海を見ていたら「今年は、お祖母さんと、海を、見に行きたいの」という美咲のセリフを思い出した。

一月二十二日㈫

ふたりして咳き込む夜よ多摩川の浮き寝の鳥が聞く風の音

「アリー／スター誕生」、夫婦50割引を使って観る。ストーリーは単純、それゆえ余計にレディー・ガガの歌声、ブラッドリー・クーパーの笑顔と絶望の表情が印象に残る。夜は玉川高島屋八階のニャーヴェトナム・プルミエで蒸し鶏のフォー。あっさりしたスープが気に入っている。109シネマズ二子玉川の半券を見せるとソフトドリンクが無料になるので、グアバジュースをいただく。

一月二十三日㈬

はじめての冬を過ごせるすずめたち羽根で覚えよさまざまな風

さいたま市へ。すずめの子短歌会。はじめは名の無い集まりだったが、私の歌集『すずめ』にちなんで皆さんが名付けてくれた。昼はミスタードーナツで汁そば、コーヒー、ドーナツのセット。五五〇円。ドーナツはポン・デ・リングを選ぶ。もちもちとした食感が好き。はじめて食べたときはガムかと思ったが、やみつきになった。

一月二十四日㈭

妻は風邪われは風邪気味午後四時に「お先に失礼します」と立てり

黒木三千代さん、中川佐和子さん、松尾祥子さん、山内頌子さん、そして私と歌人が五人いる職場。短歌の話がたくさんできる。おまけに歌集や短歌雑誌が机に積まれていて、なんだか龍宮城に来た気分。電車の中では宮本輝の短編集『真夏の犬』を読む。宮本輝の短編が好き。

一月二十五日㈮

夜《よる》夜《よ》中《なか》湯船に浮かぶたらふく
はわれの鱈腹酔いどれの鱈

青山のNHK文化センターで午前十時十五分から二時間「短歌　歌うよろこび」。もとは来嶋靖生さんが講師をされていたが、体調を崩されたので昨年十月に引き継いだ。午後は椿山荘で第六十回毎日芸術賞の授賞式。金森穣、栗木京子、内藤礼、永井愛、宮本輝、大林宣彦の六名の方が受賞された。

一月二十六日(土)

柚子ひとつ妻の実家に収穫す
夜はてんぷらそばに決まりて

自由が丘の「モンブラン」にモンブランケーキを食べに行く。昔ながらの黄色いモンブラン。日本での発祥はこの店という。百脚はあるだろう椅子のすべての脚が毛糸で編んだ茶色の靴下を履いていることに驚く。うるさくないようにとの配慮であろう。商店街のペットショップでポメラニアンを見てから帰宅する。

一月二十七日(日)

母の遺言どおりに父を逝かしめ
しわが五十代野火を見ていき

「現代短歌新聞」に連載中の「短歌の小道具一〇〇選」の十五回目を書こうとしたが、題材がなかなか決まらない。箸に始まり、椀、ゴミ、弁当、鞄、猫、古本、贈り物、届け、花束、火、日記、金、糞と書いて来た。一〇〇選というくらいだから全百回、八年と四か月書くことになる。夕方、用賀のオーケーへ。焼き餃子、焼き芋、冷凍稲庭風うどんを買う。夜は誉田哲也の『インデックス』を読む。

一月二十八日（月）

十二駅すわらず二駅すわる

朝からだ鍛えているにはあらず

学園へ。添削されて戻ってきたリポートを点検するのが主な仕事。多いときは一日千首を読む。一日一本のわりで受講生からの質問電話を受ける。文法や上達法など質問内容はさまざま。みなさんとても熱心なので身が引き締まる思い。昼は学食でカレー南蛮うどん、四三〇円。つんく♂の『「だから、生きる。」』を電車の中で読む。

一月二十九日（火）

二杯目を薄くして飲むぬばたまの夜は朝《あした》がすぐそこにいる

出勤。昼は昨日と同じ、カレー南蛮うどん。昨日はセーターに汁がはねたが、今日は……。帰宅後、明日の「みなづき短歌会」の準備。前回提出してもらった歌を添削する。癖と個性は紙一重だと、添削するたびに思う。癖は直すもの、個性は伸ばすもの、その見極めが難しい。日当たりの良い枝を落さないように言葉を添えて削ってゆく。終わって、夜食。芋焼酎のお湯割りと柿の種と月餅。

一月三十日(水)

日《ひ》南《な》娘《むすめ》蔓《つる》無《なし》源《げん》氏《じ》、焼酎で
治る風邪あり個人差のあり

桶川へ。駅前の庄やで六五〇円の豚汁定食を食べてから「みなづき短歌会」。昨年は、この時期にインフルエンザに罹った。だけど、予防接種をしていたおかげで症状は軽く、ただの風邪と診断された。治ったあとに「インフルエンザだったかも」と医師に言われ、「もっと早く言ってくださいよ」と文句を言った。出勤予定のない一週間で、ずっと部屋にいたから誰にもうつしていないと思う。予防接種を受けていた妻は無事だった。

一月三十一日(木)

くりかえす身過ぎ世過ぎや鉄塔の影が踏切わたりて来たり

私がスマホを持たないのは、歩きスマホをしてしまいそうだから。若いころはコミックや文庫を歩き読みしていた。よくまあ怪我をせず、誰かに怪我もさせずに済んだと、いま思うと不思議。あのころよりも反射神経は格段に低下している。野崎孝訳で『フィッツジェラルド短編集』を読む。いま妻が『グレート・ギャッツビー』を読んでいるので、終わったら交換する予定。

ニガツ

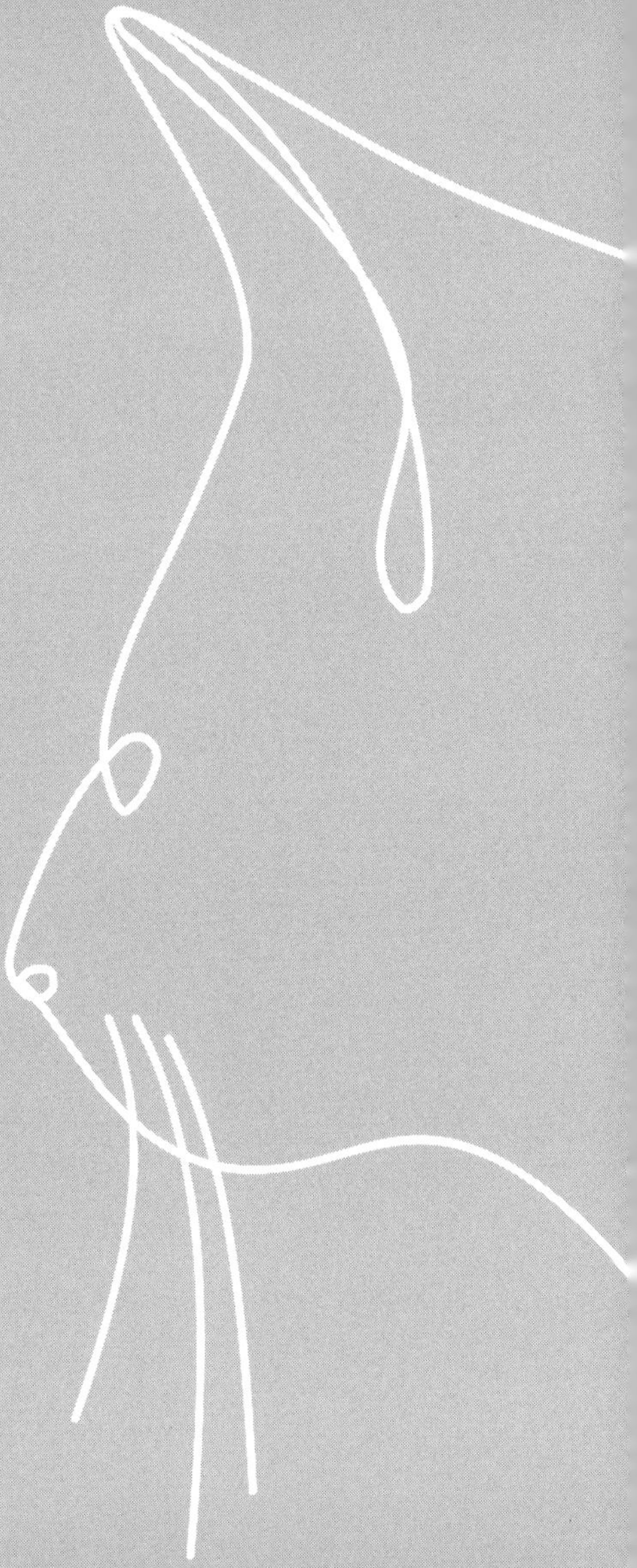

二月一日㈮

「公私ともに破綻をした」と終わりから二行目にある彼の略歴

二十年前に死んだ母の誕生日。生きていれば九十三歳。大正十五年の生まれだが、本人は昭和元年生まれと言っていた。「大正生まれというと年寄っぽくなる」とは母の弁。数十年後、平成三十一年生まれの人はどのように答えるだろう。野崎孝訳でフィッツジェラルドの『グレート・ギャツビー』を読み始める。

二月二日(土)

クレソンにまたの名がありまたの名を昨夜聞きしが今朝は覚えず

確定申告書の作成。嫌いではない。実は平成元年の税理士試験に合格している。消費税が導入された年で、選択科目に酒税を選んだ。その頃は一滴も酒を飲まないのに酒税に詳しく、今は酒が好きなのに酒税をすっかり忘れている。もっとも酒税を覚えていたら、税率の高さに飲んでいても興ざめしてしまうだろう。結局、合格証書は一度も使うことなく、別のことをして生きて来た。

二月三日(日)

痛いよと父に言わせき介護する憎しみ少しずつ晴らすべく

七年前の二月、ハクビ大塚校に一か月間通って、ホームヘルパー二級を取得した。父が死んだばかりで、「十分な介護ができなかった」という自責の念があった。学んでみて反省しきり。介護はコツであった。寝ている人を起きあがらせるにしても、力任せに引き上げては寝ている人に負担をかけるだけ。まずは体を横に向けて……と手順に従えば、力はさほど要らない。今になって手遅れと思いつつ、特養老人ホームで実習もした。

二月四日(月)

戒名を母はもてども父もたず
血は傷口でまず盛り上がる

祖父の祥月命日。父の父である。この人は大酒飲みで酒癖が悪かった。その酒癖を父が受け継いだ。二人の暴れる姿を見て育った私は「酒だけは飲むまい」と思った。だから五十五歳を過ぎるまでは飲まないでいた。でも最近になって酒の美味しさがわかって来たし、ほろ酔い気分の心地よさを知って、酒に対する憎しみが解けた。幸い、大酒を飲む前に寝てしまうので、私は暴れることがないようだ。

二月五日（火）

野の鳥の春の食事を準備中
木々は花芽をふっくらさせて

出勤すると机の上にコロッケが一つ置いてある、という夢を明け方に見た。心配しつつ出勤したところ、何も置いてない。夢の話を誰かにしようと思うのだが、みんな朝から忙しそう。仕方がないので、コロッケを食べようとしたら実はタヌキが化けていて手を引っかかれたとか、話の尾ヒレをあれこれ考えながら仕事をする。夜は子持ちシシャモのフライ、ニッスイの太ちくわ、大根サラダ、白霧島のお湯割り。

二月六日㈬

えんとつのような帽子のコック長おおきな鍋に湯気つくりおり

毎月この時期は「歌壇」の「短歌の周囲」を書いていた。でも三月号で連載は終了。もう今月から書くことができない。無事に三十六回の連載を乗り切れたことを喜びつつも、やはり寂しい。好き勝手に書いたエッセイを三年間も掲載してくれた本阿弥書店のみなさんにひたすら感謝。まだまだ続く寒さのために用賀のフジスーパーで貼らないタイプのカイロをまとめて買う。夜は柴田元幸訳でポール・オースターの『幽霊たち』を読む。

二月七日㈭

行軍がざくりざくりとやって来る降る雪の音かき消しながら

「心の花」の歌会「十一日会」。発足が昭和十年の十一月十一日という歴史のある会。スタート時のメンバーに斎藤瀏がいた。発足から三か月半後に二・二六事件が起きたわけだ。いま住んでいるマンションは管理人がいて、雪が降れば雪掻きをしてくれるのだが、前に住んでいたマンションは自分で雪掻きしないと外に出られなかった。三階に住んでいたから雪の積もった外階段を上から掻いて行く。実に怖かった。でも、三階に一人取り残される方がもっと怖かった。最上階の三階には私だけが住んでいた。

二月八日（金）

ゆらと揺れゆらゆらゆらと揺り返しある吊り橋をわたるごとく癒えたり

休みの日は散歩をするようにしている。多摩川の土手、静嘉堂文庫、砧公園などコースがいくつかあって、その日の天候と気分で選ぶ。砧公園には小さな吊り橋がある。奥の奥の方にあるので知る人ぞ知るといった存在。怖いけれども渡りたい私、怖いから渡りたくない妻。夜は河合香織の『絶望に効くブックカフェ』をパラパラと読み、面白そうな本をチェックする。風邪はすっかり治った。

二月九日（土）

話したいことがたくさんあるのだよ　富士を囲んでいる冬の雲

午後六時から八時半まで中野サンプラザで「心の花」東京歌会。なぜ夜かというと、「飲む時間が短くて済むから」。真偽のほどは定かではない。確かに歌会が終わって居酒屋に行っても二時間ほどで解散になるから酒量は少な目、健康に良いというわけだ。「心の花」というと酒のイメージが強いのだが、最近は飲めない人が増えた。

二月十日(日)

歯ならびは母に似ておりカルシウム
きょうも多めに摂って　おやすみ

終日部屋にいて、書評の原稿を二本書く。一つは歌書、一つは歌集。書評を書くのは好きだから嬉しい仕事。終わって夕食。一品足りないので冷蔵庫を探索し、桜エビとワカメを発見。オリーブ油で炒めて、めんつゆで味付けしただけの簡単な肴を作る。焼酎がすすむこと。

二月十一日(月)

はよ咲けよ風《かぜ》待《まち》草《ぐさ》よ一升の越乃寒梅まだここにあり

さいたまスーパーアリーナのNHK文化センターで「みんなの短歌」。昼は「博多もつ鍋やまや」で煮込みハンバーグ定食。この店は明太子が食べ放題、ごはんも食べ放題。つい食べすぎてしまう。そういえば年頭に誓ったダイエットをすっかり忘れている。梅の季節になった。梅にはいくつか別称がある。風待草もその一つ。木なのに草と呼ばれる理由はわからない。

二月十二日㈫

背番号1のキーパー横跳びす
春の乾いたひかりのなかへ

出勤。ＮＨＫ学園のロビーには巨大な「どーもくん」のぬいぐるみが置かれている。うさぎの「うさじい」の穴蔵に転がりこんで来た巨大な卵から生まれたという「どーもくん」。最初に観たテレビでアナウンサーが「どーも、こんにちは」と言ったので「どーも」を覚えたという。私が初めて観たテレビは「文明堂のコマーシャル」だったと母が言っていた。クマのぬいぐるみがラインダンスを踊る、あのＣＭだ。

二月十三日(水)

一日をマスクしていて耳痛し大いなりしよ江《え》川《が》卓《わ》の尻は

さいたま市へ。すずめの子短歌会。来月公民館でひらかれる文化祭の話なども出て、いつにも増して充実した会になった。文化祭では会員がそれぞれ代表歌二首を短冊に書いて展示する。それにしても代表歌を選ぶという作業はかなり大変。過去の歌を読みながら「こんな歌しかないのか……」と失望に打ちのめされてしまう。季節も大切にしたいから今回は次の二首を選んだ。〈多摩川を越えて春蝶とべる日の戸籍係に列できており〉〈直線に吹きいし風が曲線に吹けばもう春　蝶のとぶ春〉

二月十四日㈭

照明を消して月光招きたり浅蜊はすうと砂を吐きたり

バレンタインデー。妻の友人の泉さん夫妻と二子玉川の「KUA AINA」で会い、ハンバーガーを食べる。ハワイっぽい店内、聞けばハワイに一号店があるという。せっかくだから、う〜んとハワイっぽいパインバーガーを食べる。夜は「心の花」に連載している「信綱の十二カ月」の原稿を書く。近代短歌の中で重要な役割を果たした信綱だがいま一つ人気がない。スキャンダラスな部分が全くないので物語に成り難いのも理由の一つだろう。時間が惜しいので酒を飲まなかったという信綱。わたしは寝酒に赤ワインを少々飲む。

二月十五日㈮

ウクレレの音色のような時の過ぐ妻につがれて妻につぎつつ

「うた新聞」のエッセイ「物語るうた」の三十六回目を書く。これで三年間の連載が終了。原稿をメールで送ると、いつも丁寧に感想を返信してくれる「いりの舎」の玉城入野さんと奥様で歌人の三原由起子さんに励まされ続けた三年間だった。深く感謝。最終回は藪内亮輔さんの『海蛇と珊瑚』と永田和宏さんの『某月某日』から歌を引用する。最後だからといって特別なことは何もなし。今まで通りの長めのマクラと尻切れトンボで終わりにする。書き終えて乾杯。

二月十六日（土）

大根にされた王子のものがたり大人の今も思えばかなし

大根を一本いただいたので調理。上の部分は味噌汁、中ほどはピクルス、下の方は煮もの。料理するのは楽しい。朝ごはん、昼ごはんを大根で食べたあと、二子玉川駅前の蔦屋家電に行く。いわゆるブックカフェ。三時間滞在して、あれこれと迷いつつ、文庫を三冊買う。帰宅して、どれから読もうかと迷っているうちに寝てしまう。

二月十七日(日)

今月の今夜の月の居所をまた確かめてわれ帰路にあり

「心の花」の編集作業で佐佐木幸綱先生のお宅へ。先月と同じ顔ぶれ。大野道夫さんが病気で来られなくなってから十か月が経つ。早い回復を祈るのみ。佐佐木家の愛犬・ゴールデンレトリバーのテオはおとなしいときとイタズラなときがあり、今日は、まあ普通かなあ。作業が終わり食事。日本酒をちょっと多めに飲んだ。駅に向かうみなさんと先生のお宅の前で別れ、一人ふらふらしながら歩いて帰る。途中、「月はどっちに出ている」という映画があったことを思い出し、空を仰ぐ。

二月十八日（月）

アフリカに千年生きる蝶のことを講義のたるむ頃に話さん

藤沢の朝日カルチャー湘南へ。三首ずつ提出された歌を講評する実作コース。でも基礎的なことに話はしばしば脱線する。今日は旧かなの話。「ちやうちやうがちやうてうでてふてふをうたふ」、さて何のことでしょう？　漢字で書くと「町長が長調で蝶々を歌ふ」。だから旧かなは難しい。おなじ「ちょうちょう」でもへうきが違う。あっ、「へうき」は表記です。昨夜思い出した「月はどっちに出ている」のＤＶＤをＴＳＵＴＡＹＡで借りようと、朝から思っていたのだが、すっかり忘れて帰宅。落ち込む。

二月十九日(火)

とある国のとある時代を支配せし暴君のラギきさらぎのラギ

出勤。昼食のあとは図書室へ。朝日と読売を読む。小学校の時は新聞部にいて、壁新聞を作るのに熱中していた。四コマ漫画を描くのが私の役目。冬眠から覚めたクマが玉手箱を開いたらリスになってしまったとか、そんな話。「大きくなったらマンガ家になりたい」と思っていたが、絵は下手、お話を作る方が好きだった。電車の中では乃南アサの『しゃぼん玉』を読む。

二月二十日（水）

紅梅のにおいに数多おもうこと
あれども酔えばただ通りすぐ

横浜のみなとみらいへ。先月は立喰いの寿司で腹ごしらえをしたが、今日はベローチェでツナサンドを食べる。お腹がすくとお腹が鳴るので、その用心も兼ねている。四時からＮＨＫ文化センターで「短歌ハッピーアワー」。少人数のクラスなので、参加者の意見をたくさん聞きながら進める。終わって立喰い寿司へ。芋焼酎のお湯割りを飲みながら鰺、鰯、まぐろの漬け、たまご、かっぱ巻きを食べる。講座が終わってからならば、飲みながら食べられると改めて思う。

二月二十一日㈭

英単語ひとつ覚えるそのたびに
夏のライターかちり鳴らしき

出勤、ずっとマスクをしているので「風邪ですか?」と折りあるごとに聞かれ、そのたびに「花粉症の予防です」と答えている。わたしの花粉症歴は四十年前、十八歳の二月二十五日に始まる。早稲田大学第一文学部の入試の日だった。朝、突然くしゃみと鼻水が止まらなくなった。花粉症という言葉を知らなかった。ガーゼのマスクをして試験会場に行ってはみたものの、問題を解くよりも鼻をかむ方が忙しかった。案の定、落ちた。

二月二十二日㈮

コーヒーの湖《うみ》のおもての白き渦　今朝は右巻き、南へ行こう

青山のNHK文化センターで「短歌　歌うよろこび」。終わって、青山の街を散策。絵画館前の公孫樹並木も二か月後には新緑の季節を迎えるだろう。夜はコタツで「雨に唄えば」を観る。三年に一度は観たくなる映画。

二月二十三日㈯

多摩川と曳き合う男ひとり
あり白《しろ》銀《がね》の竿くいと撓《しな》らせ

本田一弘さんの歌集『あらがね』の批評文を書く。本田さんは「心の花」の仲間で、福島に住む。歌集批評会に代り、批評文集を作成しようというもの。田中拓也さんが発案し、取りまとめをしてくれている。文集はネットプリントで入手できる。批評会も良いのだが、時間の制約があったりするので、こうした形で歌集を読みあえるのは良いこと。夜はマーボ豆腐。マーボの素は丸美屋の中辛がいい。マーボには麦焼酎が合う。

二月二十四日(日)

まないたにもの切る音を響かせて恋をもとめる啄木鳥《きつつき》か俺

真空パックのお供えを鏡開き。お雑煮にして食べる。具は桜海老と三つ葉。味付けは塩味ベース、食べるときに柚子胡椒を少し溶かす。DVDで「華麗なるギャッツビー」を観る。知る限りでは二度映画になっていて、最初はロバート・レッドフォード、二回目はレオナルド・ディカプリオ。YouTubeで予告編を見て、落ち着きがあり原作のイメージを壊しそうにないレッドフォード版を選ぶ。正解。字幕と吹き替えで二度観る。吹き替えを観る前に肴を二品作る。きゅうりとワカメの酢の物、桜海老と長ネギ入り玉子焼き。

二月二十五日(月)

茂吉忌の今宵は猫を探そうか
マスクをつけて町へ出でゆく

出勤。仕事をしていると肩を叩かれる、振り向くとレオナルド・ディカプリオが立っている……という夢を明け方に見たので、一日中なんとなく落ち着かない。「華麗なるギャツビー」をロバート・レッドフォード版で観てしまったので、ディカプリオが夢に出て来たのだ。でも、こんなことは初めて。「伊豆の踊子」を山口百恵で観ても田中絹代は現われなかった。野良猫のオナカシロコをこの一か月見ていない。心配。夜になって近所を歩いてみるが、やっぱりいない。

二月二十六日㈫

日の暮れも風が春めくわが
ためにに光る魚の生身を買いぬ

出勤。朝ごはんを軽くしたので電車に乗っている間にお腹が空く。学園に入る前にローソンでジューシー肉まん。いくつかのコンビニで肉まんを食べたが、これが一番おいしい。帰り道、電車の中ではスティーブン・キングの短編集『幸運の25セント硬貨』より「ゴーサム・カフェで昼食を」を白石朗訳で読み、下車してからは東急ストアで鯵のたたきを買う。小説を読んでいたら無性に食べたくなったのだ。理由は不明。もちろん小説の中に鯵のたたきは出て来ない。

二月二十七日(水)

ある朝は鏡のなかにいるわれにずいぶん白くなったなと言う

休日。「佐佐木信綱研究」の贈呈者名簿と発送シールを作る。創刊して六年。十号までは年に二回発行していたが、十一号以降は年に一回の発行になる。なので毎号、特に個人宛の贈呈者名簿を点検しなくてはいけなくなるだろう（理由はお察しください）。夜はＤＶＤで「ローマの休日」を久しぶりに観る。五年に一度は観たくなる。観ながら「ローマ法王の休日」というのもあったなと思い出す。

二月二十八日（木）

目覚ましに呼び戻されぬ、タヒチから冬の日本の木曜日へと

出勤。南武線に乗っていて府中本町が近づくと本をいったん閉じる。一瞬だが右に競馬場、左にビール工場が車窓から見える。荒井由実の「中央フリーウェイ」の歌詞と同じ設定だ。ジョン・スタインベックの『ハツカネズミと人間』を大浦暁生訳で読む。新潮文庫を読んでいると、かっぱえびせんとかチキンラーメンとかボンカレーが無性に食べたくなる。不思議だ。

サンガツ

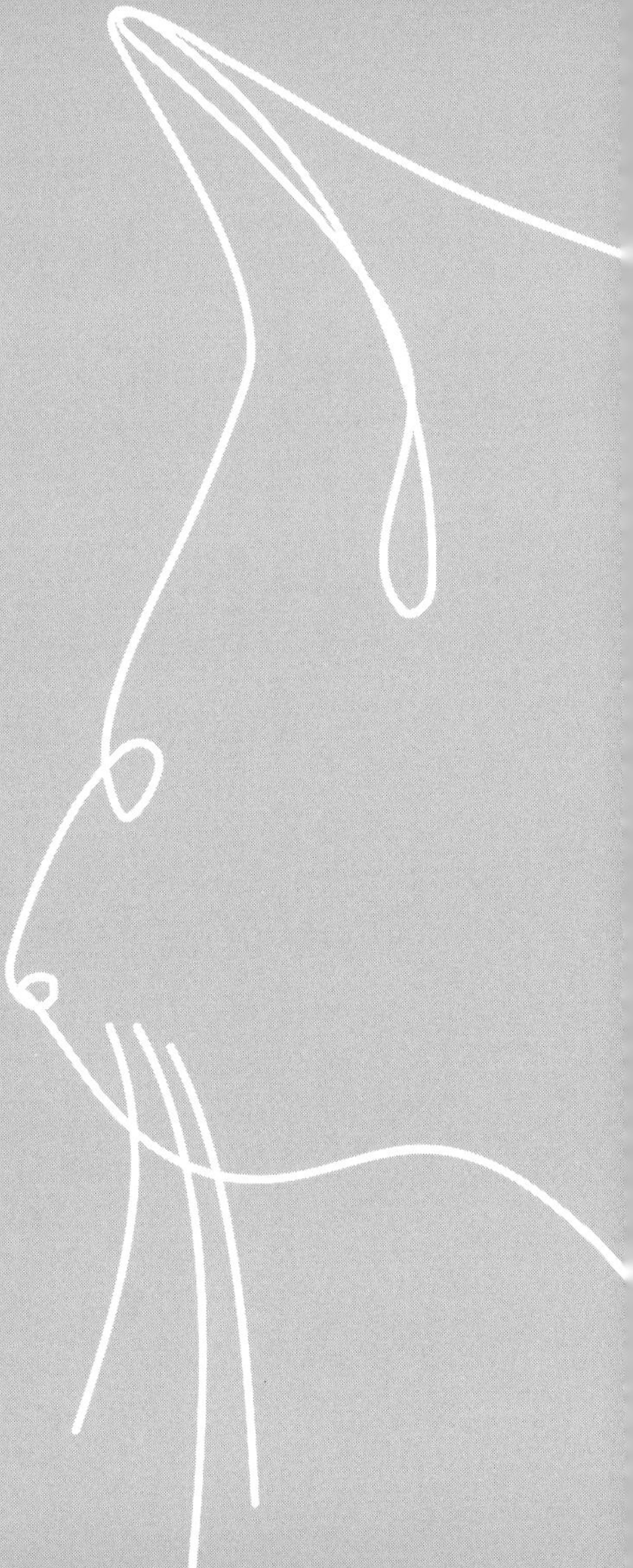

三月一日㈮

禁煙をもう四十年つづけおり富士は遠くにあるほど尊《とうと》

駅前でパスモを拾う。駅に届けるべきか交番に届けるべきかを迷っているうちに電車に乗り遅れる。こういうときに限って、次の電車が事故で止まる。無理して行くほどの用事でもないので予定を変更、村田沙耶香の『コンビニ人間』を、まるで自分を鏡で見ているような気分で読む。

三月二日(土)

ふるさとに妻を率《い》て来て鯖を食う旅とは呼べぬほどの旅して

両親の墓へ。母の祥月命日が近い。死んで二十年になる。享年七十三、病弱な人だったわりには長く生きたと思う。葬儀のあと、従姉に「あなたは死んじゃだめよ」と言われた。六十六キロあった私の体重は六年間介護する間に四十四キロになっていて、久しぶりに会った親戚の人が、私を私と気が付かなかった。

三月三日(日)

無洗米なれども洗い今日われは
ゲラに一つの誤字を見落とす

昼にチャーハンを作る。具は焼鳥の缶詰とレタスと玉子。胡椒を多めにして、缶詰の汁がなくなるまで炒めるのがポイント。けっこう評判がよく、我が家の定番メニュー。先日玉子を買って帰ったら妻も玉子を買っていたので玉子料理が続く。夕食後は「ラ・ラ・ランド」をDVDで観ながら、キリン淡麗極上〈生〉を飲む。楽しい映画と冷えたビールは最高の取り合わせ。

三月四日 (月)

通過する電車がめくる8ページ近藤勇の首は落ちたり

母の祥月命日。戒名は「梅室満善信女」。死んだのが梅の時期だから「梅」、専業主婦だったので「室」、みつ枝という名前の「みつ」に漢字をあてて「満」にしたと僧侶が説明してくれた。戒名には十万円、二十万円、三十万円の三種類あったので真ん中のものを付けてもらった。おじさんが「真ん中なのに梅は変だろ。普通は竹だろう」と言っていた。確かに松竹梅で考えれば竹だ。でも「竹室」は嫌だ。どうせなら母は桃が好きだったから「桃室」の方が良いと思ったが、替えてくれと僧侶には言えなかった。

三月五日㈫

伸び伸びと倒れていたる自転車に
寄らぬすずめと飛び乗るからす

出勤。谷保の町で「迷い犬を探しています」のポスターを見かける。犬種はプチブラバンソン。聞き慣れないが、写真を見るとパグに似ている。六歳のオス。無事に保護してくれた人には五十万円差し上げますとのこと。中野で行方不明になり、豊島園、西東京、小平、東村山、東大和で目撃されているというから、かなりの広範囲をさ迷っている。どうか家に帰れますように。花粉症の症状が最高潮に達した。辛い。

三月六日(水)

かの日より八年の経て失いぬ菓子パン二個で満ち足りる吾を

桶川で「みなづき短歌会」。会場の「さいたま文学館」は懐かしい場所。仕事がなかった時期、ここの図書室に日参していた。菓子パン二つを昼食にして開館から閉館までいたのだった。電車の中では川端康成の『みずうみ』を読む。川端の小説は高校時代に何編か読んだのだが、『みずうみ』は初めて。カバーに書かれたあらすじによれば、「現代でいうストーカーを扱った異色の変態小説でありながら、ノーベル賞作家ならではの圧倒的筆力により共感すら呼び起こす不朽の名作」。共感しましたとは言えないが、面白く読み終える。

三月七日（木）

三本の脚となるまで使われし
コタツが道のほとりにありぬ

出勤。大学通りの桜の莟がかなり膨らんでいる。あと三週間もすれば満開になるだろう。一週間前に読んだスタインベックの『ハツカネズミと人間』の切ない結末が頭から抜けない。人間とは何て悲しい存在なんだろうと悲観的になっている。こういうときこそ楽しい映画、一昨日返したばかりの「ラ・ラ・ランド」をまた借りて来る。でも、「ラ・ラ・ランド」も恋のストーリーだけを取り出してみれば相当切ない。夢を実現するために諦めねばならなかった恋だから。

三月八日㈮

ひさびさにこころが弾む手をあげてよい子のように道をわたれば

井上陽水のアルバムを流しながら原稿を書く。陽水を聴くとハイテンションになるから作業が捗る。好きな曲は「東へ西へ」「ロンドン急行」「氷の世界」「夢の中へ」そして「夕立」。この五曲をカラオケで歌うこともあるのだが、あの高音が出せない。まあ、それ以前に音程がズレてしまう。夜はエビチリ。陽水を聴いていると無性に中華が食べたくなる。

三月九日（土）

迷いつつホットをたのむ浅き春　キャサリンに捧げる本をひらきつ

「心の花」東京歌会。スタッフ会議があるので早く家を出るという会計係の妻に付き合い、早めに中野に着く。三時間をベローチェで過ごし、グレアム・グリーンの『情事の終り』（上岡伸雄訳）を読む。実は私も会計係だった時期がある。東日本大震災が起きた次の日に歌会がある予定だったが中止になり、会場の中野サンプラザにキャンセルの電話をしたのは私である。思えば電話をしたとき、帰宅できなくなった岡井隆さんがサンプラザで一夜を過ごしていたのだった。

三月十日（日）

禁煙に失敗したる男来て風を背に受け火を熾しおり

ベローチェでのゆったりした読書に味をしめたので、今日は吉田修一の『さよなら渓谷』を持ってマクドナルドへ行く。二時間半で読了。熱中して食べるのを忘れていた冷えたポテトを持ち帰る。ＤＶＤで「グレン・ミラー物語」を観ながら芋焼酎のお湯割り。スウィングと芋焼酎とポテトが意外と合う。

三月十一日(月)

震災のなくても父は死んだだろう「やがて」「そして」が少し遅れて

東日本大震災が起きたときは埼玉県の上尾市に住んでいて、父と自宅にいた。最初の揺れのとき、私も父も本棚のある部屋にいた。危険を感じて父に「逃げろ」と叫んだが父は動かない。いわゆる腰が抜けた状態になっている。脇の下に手を入れて廊下に引きずり出した。揺れが収まったあと部屋に戻ると、本が散乱していた。その夜から父が奇妙な叫び声をあげるようになった。やがて父は寝たきりとなり、そして九か月後に死んだ。

三月十二日㈫

冬物も春物もいる朝電車川こえるたび一枚脱ぎぬ

TSUTAYAで「華麗なるギャツビー」のレオナルド・ディカプリオ版を借りる。原作とロバート・レッドフォード版の映画にはなかった新しい役割をギャツビーの隣人・キャラウェイに与えていて新鮮な驚き。トム・ビュキャナンを演じる俳優が蟹江敬三に似ていた。観終わってから麦焼酎の紅茶割り。このときの紅茶はトワイニングのレディ グレイと決めている。つまみは京都のお土産にもらった西京ラスク。シュークリームのシューのようなパンに、味付けは西京味噌、京山椒と祇園七味。逸品とはこういうことを言うのだろう。

三月十三日㈬

「つばめ来る、星谷《ほしや》材木店に来る……」ここまで去年《こぞ》の春に詠みしが

大宮で「すずめの子短歌会」。大宮方面には月に三回行くのだが、渋谷駅での乗り換えにいつも苦労する。埼京線のホームが遠いのだ。隣の恵比寿駅まで歩く感じ。おまけに工事中だから通路が狭くて歩きにくい。しかし工事が終わればホームが三百五十メートル移動して、乗り換えがずっと楽になるという。渋谷がどんどん変わっている。電車の中では宮下奈都の『羊と鋼の森』を読む。

三月十四日㈭

上の階の男女の去りてムーミンのお腹のような安眠来たり

先日読んだG・グリーンの『情事の終り』が映画化されているというのでDVDを借りて帰る。タイトルは「ことの終わり」。原題が「The End of the Affair」だから「情事」よりも「こと」のほうが訳としては良さそう。原作にない情事の場面が映画ではたくさんあって大人の映画。二人は出会うとすぐに情事に及ぶので、肉体的欲求だけで結ばれているように思えてしまう。そこが不満。しかし他の場面の映像は美しく、芸術性が高い。ジュリアン・ムーアの大胆かつ抑えた演技に注目。

三月十五日㈮

春の雨さしすせそそと降りそそぐ木々に花壇に畑に人に

出勤。昼は学食で麻婆茄子定食。ごはんの量を訊かれるたびに最近は「普通」と答える。体重の増減によって、この一年、ごはんの量を「多め→少し多め→少なめ→普通」に変えている。帰宅してもう一度「ことの終わり」を観る。今度は吹き替え版。字幕を追わなくても済む分、美しい映像をじっくり観ることができた。

三月十六日（土）

三月の十六日の木蓮の下で会いたり消えいし猫と

休日。映画「マスカレード・ホテル」を観に行き、木村拓哉はなで肩だと気づく。しばらく見掛けなかった野良猫のオナカシロコを発見。月極め駐車場を悠々と歩いている。驚かさないように遠くから見守っていると、赤いステーションワゴンの下に隠れてしまった。以前より人の気配に敏感になっているような気もするが、冬を無事に乗り切っていたことを喜ぶ。夜は春キャベツを食べる。電子レンジでチンするだけ。味付けは無し。キャベツの甘味だけで十分に美味しい。春の野菜を食べると体の中がきれいになる感じがする。

三月十七日（日）

「ああ、春」と箸を伸ばせば頼綱の箸ものびくる春のかおりに

「心の花」五月号の編集のために佐佐木幸綱先生のお宅へ。作業の合間に六月に熱海の起雲閣で開催される第四十五回佐佐木信綱祭短歌大会について佐佐木頼綱さん、倉石理恵さんと話し合う。この二人に私が加わった三人が実行委員ということになっている。緊急の課題は締切が三月末日に迫っているのに応募が伸び悩んでいること。いろいろ知恵を出し合うが……。編集作業は一部パソコンを使うが、ほとんどが昔ながらの手作業。歌数を数取り器で数え、歌稿の右肩に穴をあけ凧糸で束ねる。高校の文化祭の準備をしている気分だ。

三月十八日（月）

車窓には春の夕焼け「えっ、なに」と今日いくたびか問い返しおり

藤沢で「短歌実作講座」。今日は終わってみなさんとお茶。昨年十二月に予定されていた忘年会が延期になり、今日まで持ち越されていた。忘年会の数日前に受講者の北出敦子さんがクモ膜下出血で急にお亡くなりになったからだ。熱心に話を聞いてくださる方で、講義中によく目があった。いつも微笑んでおられた。秋ごろに、ちょっと元気がないかなと感じてはいたのだが。

三月十九日（火）

酔うというこころやさしき友だちにふるまいており木の芽たらの芽

出勤。去る人、来る人のいる季節。三度目か四度目になるのだが、川上弘美の『古道具　中野商店』を読む。以前、ドイツに住む友人から「めちゃくちゃ日本的なものを読みたい」と言われて、この本を送ったことがある。ドイツからの返事は「小説の島倉千代子だ、泣けたよ」。川上弘美の小説で私が泣いたのは『センセイの鞄』だけ。あとは大笑いからクスクス笑いまで、さまざまに笑いながら読んだ。『古道具　中野商店』は今回もまた冒頭から笑ってしまった。これしきのことで笑ってしまう自分が情けないと思いつつ。

三月二十日㈬

晩秋の展覧会に見し素描オーデンセのさくら今咲くころか

みなとみらいへ。春のコートを着て行く。母の姉、つまり伯母の法事に行くために二〇〇〇年の春に買った。法事の直前に母が死んだ。母は死ぬまで頭がしっかりしていたから「法事には春のコートを買いなさい」と言っていた。その言葉を着るたびに思い出してしまう。なので何年も着ないでいたが、今年は着ている。思い出しても辛くないだけの時間が経過したということだ。

三月二十一日㈭

花立ての雨を捨てたりちちははの墓にも春の雨は降るらし

水を汲みに行った父がなかなか帰って来なかった。墓の場所がわからなくなり、余所の墓に水をかけているところを見つけた。このとき初めて父の認知症に気づいた。そして、出かけても家の場所がわからなくなり、町をさ迷うようになった。トイレの場所が、ベッドの場所が、わからなくなった。いろいろ思い出してしまうので墓から帰るときは口数が少なくなっている。

三月二十二日㈮

春闌《た》けて今に今さら知り得たり「逮《たい》夜《や》」は逮捕された夜ならず

青山へ。心配性なので教室が始まる一時間前には現地に着くようにしている。早く着いた時間はコーヒーを飲んで過ごす。ドトールかベローチェがあれば、そこに入る。コーヒーが二百円台前半で飲める店があると嬉しい。はっきり言ってコーヒーの味はよくわからない。でも、これで遅刻しないで済むと思って飲むコーヒーはいつも美味しい。夜は「シェーン」を久しぶりに観る。あれだけ殴られても鼻を骨折しないのはスゴイ。

三月二十三日(土)

のっけから「愛」ではじまる類語辞典「愛苦しい」と誤用例あり

休み。昼は蕎麦。シマダヤの冷凍「石臼挽きそば」を使って五目冷やしを作る。「もう今日からは冷たい蕎麦だよね」という気分。家で蕎麦を食べる時は、この「石臼挽きそば」を食べる。午後は紀伊國屋書店玉川髙島屋店へ。季節柄、辞書売場が混んでいる。いま使っている類語辞典が大判すぎるので手軽なものが欲しくなった。辞書は家族の共有財産になるので、妻の意見も参考に学研の『用例でわかる類語辞典』を買う。本当に良い辞書か判断できるのは二、三か月使ってからになるだろう。

三月二十四日(日)

ボックス席にひとり座りぬ 金町に柏に我孫子に伯父伯母がいた

「山と湖短歌会」の講師に呼んでいただき、茨城県土浦市に行く。土浦は二度目。前回は一昨年の秋、台風とぶつかってしまって、行けなくなるのではないかと心配したものだった。帰りも電車が止まったりして、ずいぶんハラハラしたが、なんとか家に戻ることができた。また、その日は第四十八回衆議院議員総選挙の日だった。期日前に投票していた前職が落選したことを帰宅して知った。駅前で演説を聞いたときには、この人しかいないと思ったのだが……私が投票した候補者は落選確率がものすごく高い。

三月二十五日（月）

越すたびに捨てていつしかまた並ぶ太宰治の黒き背表紙

ヨーグルトが宅配で届くようになった。ビフィズス菌が通常の何倍か入っている優れもの。ヨーグルトは毎日食べている。花粉症に効くと言われたからだ。その効果はともかく、飽きずに食べていられるのはトッピングに工夫しているからだろう。ブルーベリージャム、甘納豆などを乗せる。逆にカステラや今川焼にヨーグルトをトッピングする。リンゴやデコポンと一緒に食べても、いい。太宰治の『津軽』を読み始める。

三月二十六日㈫

東京を今日で離《か》れゆく雁なるか彼方の空の列が乱れる

出勤。テキストの改訂作業のため、机に歌集や辞典を積み上げる。永井陽子の『モーツァルトの電話帳』の〈ひまはりのアンダルシアはとほけれどとほけれどアンダルシアのひまはり〉をパソコンに打ち込んでいるときに、受講生から電話が掛かって来た。「旧かなで〈ひまはり〉と書いたとき何て発音するのですか?」という質問。あまりの偶然に驚き、「〈ひ・ま・わ・り〉です」と答えるのが精一杯。取り乱す。昼は学食でスパゲティナポリタンを食べる。

三月二十七日㈬

漁獲量ワースト1の埼玉の回転の寿司ひだりへまわる

どんなものでも基本的には「美味しい」と思って食べる。まずいと思うことは滅多にない。たいがいの本は「面白い」し、おおむね映画は「よかった」と思うことができる。それは特技といえば特技なのだろう。短歌についても、できればすべてを「いい歌」で終わらせたい。でも「いい歌」では済まないときがある。「ニコニコしながら厳しいことを言う」と評されることもある。厳しいことを言うときに笑顔になるのは、気が弱いからだと思う。

映画「翔んで埼玉」を観る。埼玉に五十五年間暮らした私には「よかった」。

三月二十八日㈭

〈蠅うまれ蠅捕蜘蛛に食われけり〉父の一句がわれを支える

出勤。柴田元幸訳でウイリアム・サローヤンの『僕の名はアラム』を読む。アーモンドの木陰で一日中チターを弾いて歌っているおじさんも、砂漠を六百八十エーカー買ってザクロの樹を七百本植えたおじさんも世間的にはダメな人だけど、愛すべき好人物。そんなおじさんが生きていられる世界は一種のユートピアだから、読んでいてホッとする。もし私にとても素直な甥がいるとしたら、平日の昼間の寄席に連れて行き、落語好きに仕込みたい。彼が噺家になりたいと言ったら、桃月庵白酒のもとへ行けと教えてやろう。

三月二十九日㈮

文鎮のちいさな影を部外秘の書類に置きぬうららかな午後

出勤。桜が見ごろ。車内では井伏鱒二の『駅前旅館』を読む。私の短歌はユーモアが評価されることが多い。とても嬉しいことだ。「ユーモアの源は落語ですか?」と訊かれる。たしかに一時期、寄席に通い詰めていたので、あながち間違いではない。でも、もっと根本のところにあるのは、井伏鱒二の文章だろうと思う。いや、思いたい。

三月三十日(土)

仏壇に先を譲りてふたたびをエレベーターの待ち人となる

町田市民文学館へ「遠藤周作『女の一生』朗読会」を聴きに行く。朗読は女優の矢代朝子さん。矢代さんは「心の花」に所属する歌人でもある。父上は劇作家の矢代静一。文学座の公演で矢代静一の「黄昏のメルヘン」を観たのは二十四歳の時、紀伊國屋ホールだった。当時は新宿のソフトウエアの会社に勤めていて、連日の残業に疲れ切っていた。そんな中、残業のない日があった。本でも見て行こうと紀伊國屋に行ったところ、公演の千秋楽で、当日券が残っていた。泣きながら観た。そして、会社を辞めようと決め、翌日に辞表を出した。

三月三十一日㈰

駆けのぼる気力なくせり春《しゅん》
昼《ちゅう》の発車の変ホ長調の曲

四週間にわたって行われてきた第八十回「心の花」インターネット歌会も今日が最終日。二〇〇五年秋の一回目から参加している。そのころは父の徘徊が激しく目を離すことができず、歌会に参加していなかった。同時に短歌への情熱も薄れていた。そんなときに大野道夫さんからハガキが届いた。「藤島さんのような外出し難い人にネット歌会に参加していただきたく」と書かれていた。あのハガキが届かなかったら、私は短歌をやめていたと思う。一枚のハガキが一人の人生を変えた。

シガツ

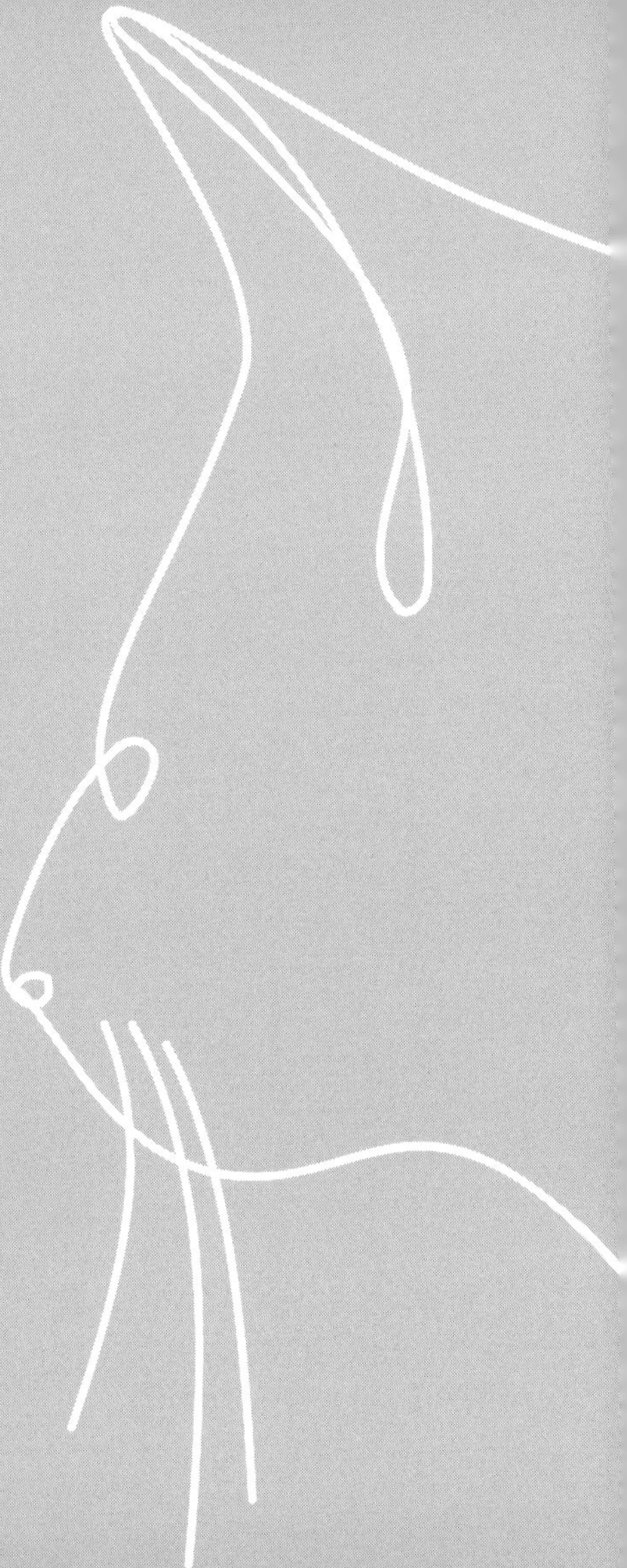

四月一日（月）

副作用ならん　昨夜も母に手をひかれてわたる春《しゅん》泥《でい》の橋

藤沢へ。子どものころ、父方の葬儀や法事には必ず「藤沢のおばさん」がいた。いつも「お利口な坊や」と私の頭を撫でてくれた。いたずら好きな子どもだったから「お利口」と誉めてくれたのは藤沢のおばさんだけだった。最後に会ったのは十九歳の春。「遠くに行くことになったので」とわが家にお別れを言いに来た。「今は何をしていますか」と訊かれて、大学が決まったことを告げると、「やっぱりお利口さんでしたね」と言った。第一希望に行けずに落ち込んでいたので嬉しかった。さすがに頭を撫でてはもらえなかった。

四月二日㈫

〈花疲れ〉むしろ疲れの心地よく
酔いの醒めればまた買いに行く

出勤。いつしか桜も満開を過ぎ……という状態。わが家から歩いて十五分の砧公園の桜、そして勤務するNHK学園がある国立の大学通りの桜、今年も二か所で桜を見ることができた。でも、去年に比べれば満足度は低い。去年は桜の時期の砧公園に四回行けたからだ。二分咲き、五分咲き、満開、花吹雪、それぞれの時期の四回。芝生の同じ場所に座り、おにぎりを食べながら缶ビールを飲んだ。桜の定点観測をした感じ。DVDで「第三の男」を観る。テーマ音楽が有名なので、観たような気になっていたが、実は一度も観ていなかった。

四月三日（水）

はなびらを食べるから鳥は飛べるのと生徒会長きみは言いしか

桶川で「みなづき短歌会」。駅西口公園でも花見をしている人が大勢いる。一昨年のことだが、歌会が始まる前に公園を歩いていると、会員の一人が宴会の輪に加わっているのを発見。今日は休むのだろうと声をかけずに通り過ぎたところ、会が始まる寸前に「遅くなりました」と教室に入って来た。酒を飲めない人なので、もちろん素面。宴会のあとの歌会を私はまだ経験したことがない。通常は歌会のあとに宴会をする。

四月四日(木)

体だけ寝ている夜をおりおりに聞こえてきたり春の風の音《と》

春は野菜をたくさん摂りたくなる季節。赤と黄色のパプリカやスナップエンドウを見掛けると、つい買ってしまう。ラップをかけて電子レンジに入れるだけ。塩を少し振ることもあるが、基本はそのまま。素材の味が一番美味しいと思う。料理を始めたのは中学生のとき。体が弱かった母は自分が死んだ後のことを考えて、私に家事を仕込んだ。最初に作ったのはピーマンの炒め物だった。細く切ったピーマンをサラダ油で炒め、味の素としょうゆで味付けをしただけ。ちょっと辛すぎたが「ひでちゃんの初めてのお料理」と母は喜んでくれた。

四月五日(金)

修道院のごとく静けしスイッチを押して間もなき炊飯器見ゆ

先日観た映画「翔んで埼玉」では埼玉県人ではないことを証すために踏み絵のように草加せんべいを踏ませようとするシーンがあった。罰せられようとも踏んではいけないと、せんべいが好きな私は思う。一番好きなのは天乃屋の歌舞伎揚。買い置きしてあるとあっという間に食べ尽くしてしまう。ところで歌舞伎は学生時代に観た。建て直す前の歌舞伎座には学割があって、三階の後ろの方の席が一二〇〇円だった。初代・尾上辰之助の晩年と時期が重なる。とは言っても四十歳で亡くなっている。快活な口跡は聴いていて本当に心地よかった。

四月六日（土）

春の紅茶を買う自販機にほんのりといかされている古典力学

佐佐木信綱祭短歌大会の準備のために秋葉原へ。ルノアールの会議室を借りて数人で開封作業をする。大会は六月八日一時から熱海の起雲閣で。六月の熱海はジャカランダの季節。海岸に沿って紫の花が咲く。熱海と言えば『金色夜叉』。お宮と貫一の像の前で写真を撮る人の多くは一定の年齢に達した人。すがるお宮を貫一が足蹴にしている像だから、最近、あれは女性が暴力を受けるシーンなので宜しくないという意見があるとか。同感。

四月七日(日)

カーテンを西へ横切る鳥影に起こされている日曜の朝

休み。二子玉川駅の近くにある中華料理店「上海」に昼を食べに行くが、店の前は行列。いつものことなので案の定といった感じ。上海に行列ができる理由は三つあって、美味しいことと店が狭いこと。あともう一つは物の値段が総じて高い二子玉川にあっては良心的な価格であること。岡田准一と宮﨑あおいの新居が二子玉川に建築中。聞いたところでは要塞のような豪邸だという。いつか見たいと思いつつ、まだ見ていない。

四月八日(月)

まなうらに草間彌生の水玉の描かれてゆくくすりをさしぬ

さいたまスーパーアリーナで「みんなの短歌」。電車の中では絲山秋子の『薄情』を読む。高崎が舞台の小説。主人公は國學院大學で神道を学んで郷里の高崎に帰った宇田川静生。伯父の神社を継ぐことになっているが、神主だけではとうてい生活できないと、夏は嬬恋村にキャベツ収穫の出稼ぎに行っている。人には無関心、恋も真剣にできない。そんな彼がさまざまな人に出会うことで少しずつ変わっていく様子を描く。二〇一五年に刊行された小説で、今回はじめて読んだ。読まずにいる名作というのが数限りなくある。

四月九日(火)

令和二十三年三月令和
大首席卒業山本令和

春眠と戦いつつ出勤する。新元号が発表されて九日目。万葉集の巻五にある「初春の令き月、気淑く風和み」から取って「令和」。これは誰も信じてくれないのだが、わが家にある岩波文庫の佐佐木信綱編『新訂　新訓　万葉集』上巻を元号発表後に見てみたら一枚だけ付箋が貼ってあって、それが「令……和」のところだった。あまりの偶然に妻と二人して言葉を失くしたのだが、おそらく信綱の梅の歌について調べているときに、万葉集を参考にしたのだと思う。

四月十日（水）

ガス代は〈お得〉となりてアネモネの五色の花が部屋に飾る

必要あってゴマフアザラシについて調べる。必要といっても、森下裕美のマンガ『少年アシベ』に出てくるゴマフアザラシのゴマちゃんに模様がなくて真っ白いのは何故だろうと思っただけのこと。つまりあれは赤ちゃんだから。氷の上で出産するゴマフアザラシにとっては、他の動物から赤ちゃんを守るための保護色になる。寄席の紙切りは大抵、白い紙を使う。紙切り芸の第一人者・林家正楽さんは切った作品をお客さんにプレゼントするときに「家に帰ったら黒い紙や赤い紙に貼ってください。決して白い紙には貼らないでください」と言う。

四月十一日(木)

快速に乗りたるわれの「あ〜」の声　まわりの人は事情を察す

出勤。葉桜となった並木の下を歩く。花の季節も好きだけど、どちらかといえば、葉桜のほうが好き。花疲れという季語もあるくらいだから花を見るのは疲れる。生きて行く力を花に吸い取られる気がする。でも、葉桜は逆に生きて行く力を与えてくれる。並木を歩いても全然疲れない。草間彌生の自伝『無限の網』を読む。十歳になったあたりから幻覚や幻聴を体験するようになり、見えたものを残しておきたいと絵を描いた。描くことで幻覚や幻聴に耐えられたという。

四月十二日㈮

霞む朝バスを動かす人のあり鏡を使いうしろにさがる

映画「女の園」を観る。先日の朗読会に出演していた女優の矢代朝子さんのお母様、山本和子が出ていると聞いたので観ることになった。一九五四年だから六十五年前の制作。岸惠子、高峰秀子、高峰三枝子、久我美子と豪華な顔ぶれで、監督は木下惠介。日本が元気になっていく時代の息吹を感じる勢いのある映画、古さは感じなかった。魚に春と書いて鰆《さわら》。この春はじめて塩焼にして食べる。

四月十三日㈯

平成の世ではふたたび会えぬ
人なれど別れる中野の駅に

中野サンプラザで月に一度の「心の花」東京歌会。東京歌会に参加するようになって十五年が経つ。初参加のとき、歌会が始まる前に小用を足していると隣に佐佐木幸綱先生が立ったので、いわゆる連れションの状態で初対面の挨拶をしたのだった。十五年経つうちに、参加者の入れ替えが随分あった。高齢が理由で来られなくなった人が多い。反対に新しく参加する人がいる。佐佐木頼綱さんも佐佐木定綱さんも比較的新しい参加者。新しさが加わらないと伝統を守ることはできない。かくして「心の花」は百二十二年。

四月十四日(日)

多摩川のむこうに見ゆる河原の男よ春の三塁に死す

たっぷり昼寝する。春はやっぱり眠い。昼寝のあとは映画。キャシー・ベイツ主演の「フライド・グリーン・トマト」を観る。ベイツ演じる主婦のエヴリンは叔母さんを見舞った老人ホームで老女のニニーと知り合い、彼女の昔話を聞く。女同士の友情が映画の主題。ほんわかとした場面とスリリングなシーンがバランスよく配されている。昼はふかひれスープ、夜はおでん。今のうちに食品棚や冷蔵庫に眠っている冬っぽいものを片付けておかないと食べる機会を逸してしまう。

四月十五日(月)

万葉集巻五を入れて諾々と
われの鞄は江の島に来つ

藤沢へ。講座が終わってから新江ノ島水族館にゴマフアザラシを見に行く。アザラシはじっとしていられない性質なのか、ひたすら水槽の中を背泳ぎで行ったり来たりする。体型は大らか、目は真剣。見ていて飽きない。この水族館の年間パスポートを持っているのは、二回行けば年会費の元が取れるから。今日が四回目だから大いに得している。

四月十六日㈫

よろずやと来るひとびとに呼ばれつつあずまや今日も庭園にあり

休み。とは言え、原稿を書いたり短歌を作ったり。仕事と休みと遊びの境目が自分でもよくわからない。でも、眠くなったら昼寝ができるので、出勤するのとは明らかに違う。夜は旬のものをたくさん入れて野菜炒めを作る。切ったり炒めたりしていると疲れが取れる。料理をするようになって五十年経つが、生のホワイトアスパラガスを料理するのは初めて。缶詰と違って歯ごたえがある。ホワイトアスパラの旬は春。

四月十七日（水）

見つかった迷子が抱きつく母の
腰八重の桜もそろそろ終わる

みなとみらいで「短歌ハッピーアワー」。九十二歳の初参加の方がいらして、嬉しい限り。以前、百三歳で短歌を作っている方にお会いした時、「短歌を始めて三年目です」とおっしゃった。短歌を始めるのに年齢は関係ない。私は三十九歳のときに始めた。周囲の歌人たちは学生時代か二十代後半に始めているので、遅い出発のように言われることもあるが、短歌を作ろうと思わなかったのだから仕方がない。それまでの寄り道が短歌の糧になっていると思いたい。

四月十八日㈭

どんぶりをはみ出す海老の尻尾たち昼に混み合う店を行き来す

出勤。先週末に大幅な席替えがあり、今日から新しい席で仕事。私の隣は古文書の先生。佐佐木信綱が書いた文字は私にすれば古文書。ほとんど読めない。たとえば漢字の「一」を書くとき、左端と右端だけを書き、真ん中は書かない。「一」の文字が一本で繫がらずに、ちょん、ちょんが二つあるという感じ。崩したり、省略したりしなければ筆が頭の回転について行かなかったのだろう。電車の中では車谷長吉の『妖談』を読む。四ページほどの掌編が三十四編収められている。駅と駅の間に一編を読むといった感じ。

四月十九日㈮

そら豆の季節そろそろはじまるかそら豆のため塩をえらびぬ

手帳は月曜はじまり、カレンダーは日曜はじまりのものを使っている。なので、ときどき転記ミスをして、手帳では出勤なのにカレンダーでは休みになっていることがある。そういうときは講座担当の川村さんにメールして確かめる……いろいろ面倒かけています。例年は学園から支給されるＮＨＫの手帳を使っているのだが、今年はこの「短歌日記」に備えて大きな手帳を買った。それでもスペースが不足しがち。鞄と同じ煉瓦色を選んだ。

四月二十日（土）

自転車をかついでわたる歩道橋もりもり夏になってゆく雲

新しい手帳に替えるとき、前の手帳から「カラオケで歌える歌」を書き写す。マイクが回って来て困らないようにしているのは、歌える歌が極めて少ないからだ。チャコの海岸物語、時の過ぎゆくままに、ギザギザハートの子守唄、ふれあい、すきま風。とは言っても機械判定で七十点を超えることはない。音感が悪いのではなく、無いのだ。通信簿でも音楽は2か1だった。これは遺伝だから仕方ない。母が歌ったのを聞いたことがない。父は風呂で歌っていたが「みっともないから止めてください」と母に叱られていた。

四月二十一日(日)

海棠を今日は見ずともデパートを通り抜ければ駅へは近し

埼玉県の上尾市で育った。上尾と聞いて「上尾事件の町ですね」と言う人は、私と同年代、あるいは上の世代の人だ。上尾事件とは昭和四十八年三月十三日、上尾駅で起きた暴動。国鉄職員による順法闘争が行われていて、電車に乗れない乗客五千人が上尾駅に溢れた。そんな中、大宮で運転を打ち切るとの放送が流れたので乗客の怒りに火がついた。私は事件をホームルームのときに知った。先生が「駅には決して近づかないように」と釘を刺した。家に帰ると母がテレビを指さして「ほら、上尾駅が映っているよ」と言ったのだった。

四月二十二日(月)

藤の咲く場所はいくつか知っているいる行きは歩きの帰りはバスの

休み。クロゼットから孫の手が出てくる。買った覚えがない。たぶん父が会社の旅行で熱海か草津に行ったときに買ったのだろう。とすると三十年以上昔のものになる。頼まれて母の背中を掻いたことはあるが、父の背中を掻いた記憶はない。きっとこれを使っていたのだ。毎年、母の日と父の日には肩たたき券を発行していた。母は揉むのを好み、父は叩くのを好んだ。揉まれていると母はすぐに寝てしまい、普段は無口な父も叩かれているあいだだけはよく喋った。たいがいは三か月間だけ体験した軍隊の話だった。

四月二十三日㈫

白バイが白バイ追うているを見き担担麺の昼の列より

出勤。先々週、生涯学習局の大幅な席替えがあった。これを機に引き出しを整理した人が多くいるらしく、不用品を集めた「ご自由にお持ちください」コーナーができている。そこで貰った山尾悠子の『ラピスラズリ』を読む。冬の間は眠り続ける〈冬眠者〉たちの物語。いったいこの小説を読んだのは誰なのだろうと生涯学習局の中を見渡す。それらしい人が何人かいて「この本を読んだのはあなたですか」と問いかけてみたいのだが、波紋を巻き起こすと困るので、やめる。

四月二十四日㈬

はつ夏のきのこは箸を逃げやすし　まま一献と猪口につぐ酒

エリンギ、しめじ、えのき茸を買う。三種類のきのこをオリーブ油で炒めて塩胡椒で味付け。最後にしょうゆをたらす。ごはんにも酒にも合う常備菜といったところ。それにしてもエリンギを最初に食べた人は実に勇気がある。毒キノコの可能性だってあるわけだし。しかし、その勇気のおかげで今こうしてエリンギを食べることができる。最初に食べたのはフランスのエリンギ伯爵、勇気をたたえてフランス政府がキノコに名前を遺した……というのは真っ赤な嘘。

四月二十五日㈭

釣り銭の五円十円ためながら
きっと海峡越えて行きたし

図書館のブックポストに本を返してから出勤。図書館の閉架書庫には、伝説というか、怪談というべきか、ちょっと怖い話があって、職員の間で言い伝えられていることが少なくないらしい。たとえば児童書の棚の前には赤い着物を着た女の子がいるとか、六法全書や判例集のところには学生服に角帽の青年が立っているとか、そんな感じの話。本は物であって物でないところがあるから、さまざまな話が生まれる。それに閉架の書庫はたいがい地下にあってうす暗い。怖い話が生まれる条件が備わっている。

四月二十六日（金）

いつか読む〈いつか〉は生きてゆくちから　いつかのために買う船の本

篠田正浩監督の「少年時代」を観て、今回もまた最後の場面で泣く。主人公の進二が乗った汽車は動き出し、井上陽水の「少年時代」が聞こえてくる。車窓には畑や草地が流れる。その中を喧嘩別れしたままの友人武が汽車を追って駆ける。気が付いた進二は帽子を振る。このエンディングは日本映画史に残る名場面。涙が、涙が止まらないのです。

四月二十七日(土)

降る雨をやり過ごさんとゆらゆら
とめぐる売場に枇杷あれば 枇杷

十連休の初日。朝は納豆を食べる。主にミツカンの「金のつぶ　たれたっぷり！　たまご醤油たれ」を食べる。昔の話になるのだが、納豆をかき混ぜるのはお父さんの役目だった。少なくとも、わが家や親戚の家では、そうだった。お父さんが大きなどんぶりを抱えて糸の引くまで納豆を混ぜ、長ネギや青のりを入れ、しょうゆと辛子で味付けをする。男子厨房に入らずと言われて育った世代の、料理へのささやかな憧れだったのではないかと思う。

四月二十八日(日)

パンと水を求める列かも日曜の有権者たち校庭に並む

休み二日目。東海林さだおの「丸かじりシリーズ」三十九冊目の『シウマイの丸かじり』を読む。シリーズ一冊目の『タコの丸かじり』が一九八八年に出て以来読み続けている。小気味よい文章と意外な展開が魅力。読めば食べたくなる。もしくは食べたくなくなる。今回、食べたくなったのは崎陽軒のシウマイ弁当。食べたくなくなったのは太巻き寿司。さっそく二子玉川にシウマイ弁当を買いに行くが、デパートは大混雑、諦めて帰宅する。買い置きの冷凍「陳建一　国産豚の四川焼売」を食べて、食欲を満たす。

四月二十九日 (月)

献血をしてこなかった左腕きょうはあがらず首からうえへ

休み三日目。冬物と夏物の入れ替え作業。ひと冬着なかったセーターを処分すべきか散々迷って、結局仕舞い込む。次の冬もたぶん着ない気がするのだが。同じようにもう二度と読まないだろうなという本もなかなか処分できずに、増えてゆく一方。本棚には入りきらないものは床に積み上げてあるから、必要なものを捜そうとすると本を大移動させねばならず、腰が心配。コート類をクリーニングに出しに行ったついでに生協で買い物。グリーンアスパラの豚肉巻きを作る。

四月三十日㈫

もっとも雨の似合う花らしアイリスは虹の女神と同じ名を持つ

休み四日目。平成最後の日ということになる。平成最初の日のことを思いだすと、母の思い出に繋がる。とは言っても、新しい元号は「平成です」と発表した小渕恵三元総理（そのときは官房長官）のファンだったとか、その程度のもの。しみじみしてしまうことはない。平成最後の日に相応しい映画ということで宮崎駿監督の「ハウルの動く城」を観る。反戦と愛の映画。何度観てもひたすら夢中になれる。

ゴガツ

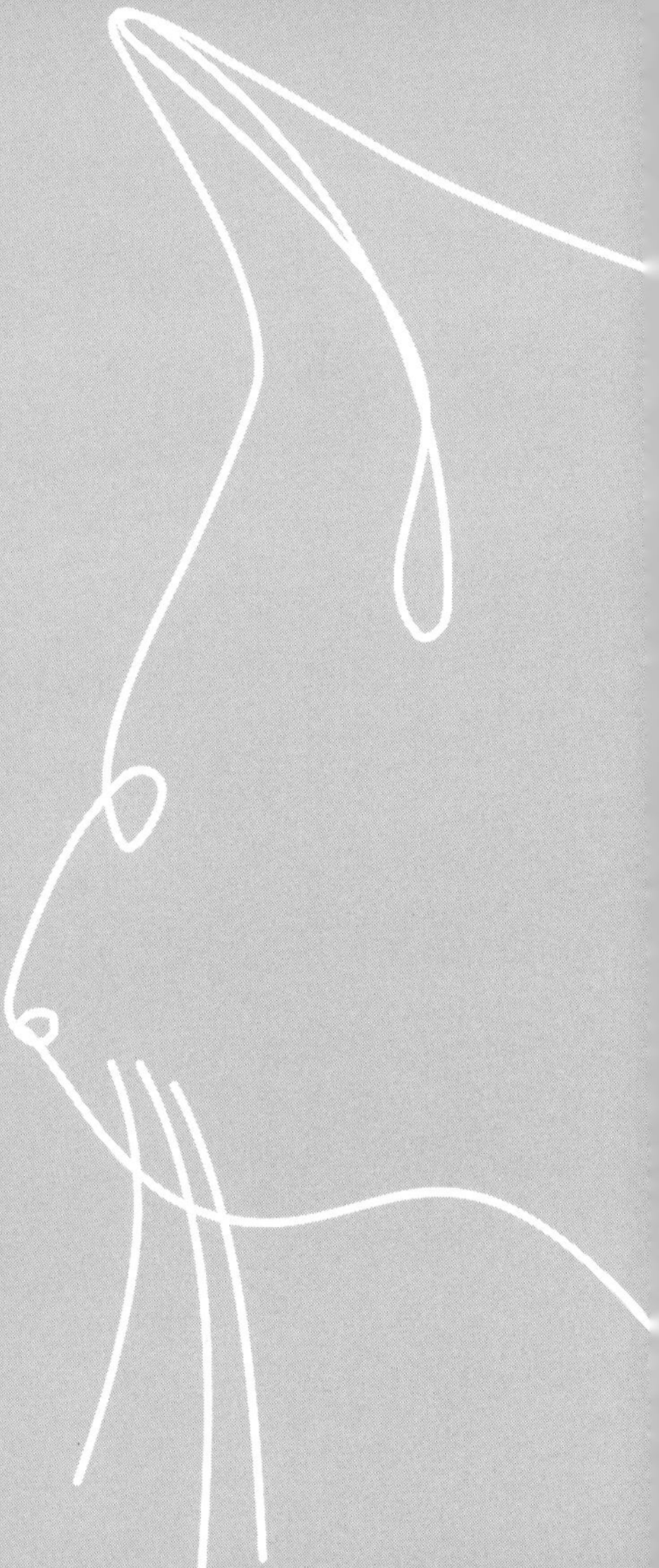

五月一日㈬

上と下に分かれる本の下《げ》を妻は
読みおり　上がわが前にあり

みなづき短歌会、桶川市に行く。湘南新宿ラインの前の方と後ろの方の車両には四人掛けのボックスシートがあり、座ればちょっと旅気分。渋谷と池袋の間の車窓景色も山手線から見る景色と少し違って見える。進行方向に背を向けて座ると気持ちが悪くなるという人もいるが、私は平気。というか、むしろ好き。遠くへ遠くへと去って行く景色、どんどん小さくなって行く景色を見るのが好きなのだ、きっと。

五月二日(木)

多摩川にそそぐ朝の日うく鳥となながれる水を夏らしくせり

「心の花」の仲間から預かっている第一歌集の原稿を読む。跋文を書かせてもらうことになっている。私の第一歌集『二丁目通信』の原稿は大野道夫さんに見てもらった。年末に預けた原稿を返してもらったのは新年歌会の日。中野の蕎麦屋で会い、三色せいろ蕎麦を一緒に食べながら意見を聞いた。「酒、飲みますか?」と訊いたら「歌会の前だから」と断わり、「てんぷら食べますか?」と尋ねたら「正月に食べ過ぎたから」と遠慮された。二人分払う私に負担をかけまいとの配慮だった。

五月三日㈮

十八の夏思い出すとき来たり生きつつ汗の胸を拭えば

DVDで「テレビまんが　昭和物語　劇場版」を観る。昭和三十八年の東京が舞台になっている。「巨人の星」の星一徹もそうだが、昔の頑固おやじは怒るとすぐに卓袱台をひっくり返した。卓袱台は小さくてひっくり返し易かったけど、私の父は大きな座卓をひっくり返す人だった。仕事がうまく行っていないのは子どもの私にもわかっていた。ひっくり返した当人は外に飲みに行ってしまい、母が泣きながら後片づけをしていた。晩ごはんが畳に散っているのを見て、私も相当悲しかった。

五月四日(土)

充血は充実ならず夜を明かし
鏡にうつすひだりのまなこ

オナカシロコを久しぶりに見かける。飼い主を特に定めず町に住む猫である。他にセナカクロタロウもいる。以前住んでいた家の隣のおばあさんは猫を九匹飼っていた。息子さんが若く死に、お嫁さんが小さな息子を連れて再婚、おばあさんは一人になった。寂しさを紛らわすために猫を飼いはじめ、またたく間に増えた。おばあさんは明るさを取り戻した。贅沢をさせてもらっている猫はまぐろの刺身が好物で、おばあさんも猫も幸せだった。でも、幸せは長く続かなかった。おばあさんに癌が見つかったとき、すでに手遅れだった。

五月五日（日）

あのときは学士会館だったねと言いつつ妻と運び出す本

五月五日は盲腸記念日。五十年近く前になるが私が盲腸になった日である。和菓子屋さんに柏餅を買いに行ったところ、顔が真っ青だったので、お店の人が変調に気付き、病院に運び込んでくれた。ひきつけを起したり、足に錆び釘を刺したり、階段で転んで前歯をすべて折ったりと、子どものころは何度も病院に運び込まれた。生きて大人になれたのが不思議と母は言っていた。病院慣れしていたので病院で泣いたことはない、変な子どもだった。そしてもっと変なのは、お医者さんごっこをするとき、いつも患者さんの役だった。

五月六日(月)

ひるに飲み夜にまた飲みふにゃふにゃにすごす連休　きょうは何の日

十連休も今日で終わる。夏に備えて宮本輝の『青が散る』を買う。夏が来るたびに読んでいる。だからもう二十回以上は読んでいることになる。二年半前に引越しをしたときに行方不明になってしまっていたので去年一昨年と読んでいなかった。連休の最後はＤＶＤでオードリー・ヘプバーンの「尼僧物語」を観る。尼僧姿がオードリーの美しさを際立たせる。ストーリーも起伏に富んでいて面白い。ただ、エンディングが「やっぱり」だった。そうなることは最初からわかってましたよ。

五月七日㈫

FAXがどいて仕事はじまりぬ矢車草の話は「あとで」

十連休が終わって、令和時代の初出勤。十日分の仕事がどっと押し寄せて来て、定時には帰れそうにないだろうと、ビスコと岩塚の黒豆せんべいを鞄に忍ばせて来た。私の鞄にはパソコンもスマホもペットボトルも入っていないので割と軽い方だと思う。それでも文庫本二冊と電子辞書の重みがあるので網棚があれば必ず乗せることにしている。たとえ酔っぱらっていても、今までに鞄を忘れたり失くしたり盗られたりしたことはない。こんなことは自慢にもならないけど、でも自慢している。

五月八日（水）

石鹸のかおりに厚く包まれて
も眠いからだよ行け埼玉へ

すずめの子短歌会、昼はバーガーキングでワッパージュニアを食べる。ワッパーはハンバーガーのこと。ジュニアと言っても他のハンバーガーチェーン店のレギュラーサイズの大きさ。ワッパーとはもともと「とてつもなく大きいもの」を意味するので、レギュラーサイズだと「とてつもなく腹いっぱい」になる。山崎ナオコーラの『美しい距離』を読む。人生の最後を私はどのように迎えるのだろうかと考えさせられる。

五月九日㈭

前列のまんまんなかで笑ってる
わたしが嫌い　写真は捨てた

出勤。昼は学食で五三〇円の日替わり定食。今日は定時退社。電車の中では綿矢りさの『手のひらの京』を読む。京都に生まれ育った三姉妹の物語。『細雪』をイメージさせるが、まったく違う。読んでいても琴の音は聞こえてこない。あえて言えばフォークギターの音色。アコースティックと言わずにフォークと言うからには、ちょっと昭和的な色彩もあって、懐かしい雰囲気。現代を描きながら懐かしく感じるのは舞台が京都だからだろう。京都は新しくても懐かしさがある。

五月十日（金）

いずれかにまるをするべき葉書あり今日も決まらぬいずれかのまる

寄席では、お客さんが十人に満たないことを「つばなれしない」という。漢字で書けば「つ離れ」。ひとつ、ふたつ、みっつ……やっつ、ここのつ、とお。十になって初めて「つ」が無くなる。最近は行っていないので事情はわからないが、以前は「つばなれしない」ことが珍しくなかった。体験した中で一番少なかったのは三人。次々と高座にあがる噺家を見ているのか、噺家に見られているのか、わからなくなっている。これはなかなか辛い。その重圧に耐えられなかったのだろう。一人が席を立ってしまった。

五月十一日㈯

濃く淹れる朝の狭山茶いちにちの渋みをすでに味わっておく

中野サンプラザで「心の花」東京歌会。歌会のあとは「赤ひょうたん」で二次会。から揚げとか焼鳥とか豆腐サラダとか基本のメニューは同じだが、二、三種類、旬のものが出て来るのが嬉しい。ただ、旬のものは量が少ないので全員に行き渡らない。そういうときの駆け引きはなかなか難しい。が、いつしか食べたいものは食べることにした。遠慮しないで箸を伸ばす度胸を私は「赤ひょうたん」で身に付けた。

五月十二日(日)

みずからを水にするため飛び込まん日曜朝の第2のコース

一昨日書いた寄席の客が少ないという話の続きを。柳家権太楼がまだ若い頃、寄席でトリをとった。すなわち一番最後に高座に上がる。ところが噺の途中で客が一人二人と帰ってしまう。「俺の噺がつまらないのか」と悩んだ権太楼は、師匠の柳家小さんに相談した。「師匠、客が途中で帰ってしまうんですが、どうしましょう」と問うと「みんな帰ったら、そんときゃお前も帰ればイイんだよ」との答え。ああ、いいな、こういう前向きな姿勢。

五月十三日(月)

ながくながく木に住み給う白髪の梅神様にまず礼をして

妻の実家の梅が間もなく収穫の時期を迎える。今年は梅ジャムを作ろうと思っている。「梅仕事」という言葉がある。収穫した梅を梅酒にしたり梅干にしたりすることを言う。梅を大切にしてきた日本人の心と生活が滲んでいる言葉だ。「令和」の元になった『万葉集』巻五の「梅花の歌三十二首」は、梅の花のもとでひらく宴会に三十二人が集まっている。一見すると「梅遊び」。だが、コミュニティーに居るための必須条件である和歌をつくることが課せられているので、重要な「梅仕事」であったのだろう。

五月十四日(火)

わが家より数えてみれば二百五
歩町のポストを今朝は素通り

「まあだだよ」を観る。黒沢明監督最後の作品。内田百閒をモデルにした先生と先生を慕って集まる元学生たちの交流をコミカルに描く。百閒は法政の先生だったから元学生たちは私の先輩にあたる。空襲で家を焼かれた先生のために家の世話をするなど濃密な関係は、ちょっと引くけど、やっぱり微笑ましい。先生を演じるのは松村達雄。奥方は香川京子。門下生は井川比佐志、所ジョージ、寺尾聰。みんないい味出してる。黒沢明は役者の味を引き出すのが巧かったと改めて思う。

五月十五日(水)

キューリではなくてキュリーと正される一年まえも一年のちも

二回目の結婚記念日。この日は三輪明宏と美川憲一の誕生日でもある。他にもキュリー夫人の夫のピエール・キュリー、西東三鬼、市川房枝、瀬戸内寂聴、伊丹十三、江夏豊、辰吉丈一郎、藤原竜也といった個性的な人が多く生まれている。三輪さんと美川さんの誕生日と同じ日だから結婚を届け出たわけではなくて、大安だったし、暑くなる前が良いだろうということで、この日になった。

五月十六日(木)

君たちは気が合いそうだ竹の子と黒霧島を卓にならべる

NHK学園生涯学習フェスティバル・鎌倉市短歌大会。大下一真さんと永田和宏さんの対談の進行役を仰せつかる。ラジオの一時間番組の収録もあるので、時計を見ながら話を聞きだす。終わってみたら一時間三分。三分オーバーしてしまったが、編集してくれるとのこと。帰路、タピオカミルクティーを飲む。そもそもタピオカとは何なのか？　検索してみたら、トウダイグサ科キャッサバの根茎から製造したデンプンだという。では、トウダイグサとは何なのか？　根茎は何と読むのか？　一度検索すると？が際限なく押し寄せてくる。

五月十七日（金）

〈あや〉がボケ〈ふや〉が突っ込み〈あやふや〉がお笑いコンビなら楽しきものを

休み。ぼんやりとＤＶＤを観て過ごす。木下恵介の「カルメン故郷に帰る」と「新　喜びも悲しみも幾年月」。「新」とついた作品は佐田啓二と高峰秀子が出演した一九五七年版を加藤剛と大原麗子で新しく撮り直したものと思っていたのだが違っていた。灯台守の夫婦という設定は同じだが、時代設定が昭和五十年代。全体の色調が明るく、加藤剛の父を演じる植木等の老いと死に焦点を当てている。進みつつあった高齢化社会を意識したような内容。竹の子をいただいたので若竹煮を作る。竹がある国に生まれて良かった。

五月十八日(土)

満月と誰かが言えり二軒目も肩ふれあってハモニカ横丁

「心の花」の武蔵野歌会に参加するために吉祥寺へ。武蔵野歌会は高山邦男さんが会場予約や詠草の取りまとめをしていて、高山さんの情熱に支えられた会。同世代の参加者が多く、一人十首まで出せる。毎回は出席できないのだが、出れば大いに刺激を受ける。今回は秋田からの参加者もいて盛り上がる。終って吉祥寺で飲む。「吉祥寺で飲む」ってカッコいいなと思いながら飲む。「高円寺で飲む」「護国寺で飲む」「妙蓮寺で飲む」も良いけれど、何かがちょっと違う。あえていえば「吉祥寺で飲む」方が深酒できそう。

五月十九日(日)

引用の歌を怪しみ書庫へ行く明治三十一年へ行く

コンビニでコーヒーが売られるようになったのは何時からだろう。最初のうちは買うのが面倒そうなので敬遠していた。とある会で斉藤斎藤さんがコンビニコーヒーを飲んでいたので「美味しいですか?」と尋ねたら「は~い、普通に美味しいです」と言う。「買うのは難しくありませんか?」と訊いたら「う~ん、それなりに簡単ですかねえ」と教えてくれた。それから飲むようになり、今は普通に愛飲している。「心の花」の編集日。佐佐木幸綱先生のお宅へ。先月は仕事と重なり休んだので二か月ぶりの参加。

五月二十日（月）

この世へとプリンターより出で来たりぎゃあていぎゃあてい個人情報

バスに乗っていて首を痛めた。バスに乗ると揺れが心地よいので、すぐに寝てしまう。すると首が無防備に揺れる。ブレーキがかかると衝撃が首に来る。というわけで、首が痛い。首が回らなくなったことは何回か経験した。肉体の首ではなくて、慣用句の「首が回らない」の首である。つまり金のやりくりがつかなくなった。古本屋をしていた二十代の半ば、店の家賃が払えなくなって、倉庫にあった本を同業者に買ってもらった。「こんなことしちゃダメだよ」と同業者が言ったとおり、翌月にはにっちもさっちもいかなくなった。

五月二十一日㈫

ふた月に一度はかえるパスワード妻も知ってる数字をつかう

出勤。電車の中で最近出版された『佐佐木幸綱論集　心の花の歌人たち』を読む。佐佐木先生が今までに書かれた「心の花」の会員の歌集の跋文、解説の一部を集めたもの。竹山広、俵万智、鶴見和子、坂口弘、片山廣子もいる。ありがたいことに私の第一歌集『二丁目通信』の跋も入れていただいた。これで百年後に「こんな人もいたんだ」と思ってもらえるだろう。

五月二十二日(水)

風呂に湯を、薬缶に水を、定型に何を入れよう朝の遊《すさ》びに

わが家は世田谷区瀬田にある。佐佐木幸綱先生が結婚後しばらくの間住んだ町。先生の歌集『火を運ぶ』には〈世田谷区瀬田四丁目わが家に帰りて抱かな妻と現実と〉が入っている。高野公彦先生に「世田谷のどこに住んでいるのですか」と尋ねられ「瀬田です」と答えたところ「私は瀬田の交差点にくわしいのです」とおっしゃった。瀬田に詳しいのではなく、交差点に詳しいというところが、高野さんの誠実さでありユーモアである。瀬田の交差点は東名の入り口に近い。バイクに乗っていたころ瀬田の交差点をよく通ったそうだ。

五月二十三日(木)

七階に止まれば北海道展の海のかおりが寄せてくるなり

休み。DVDで河瀬直美監督、樹木希林主演の「あん」を二回観る。いいと思った映画は二回観ることが多い。借りるのはたいがい旧作、レンタル料は一〇八円。二回観れば一回につき五四円。妻も一緒に観れば一人あたり二七円。なんとも安上がりな休日の過ごし方。観終わったあとは案の定、玉川髙島屋の屋上に行く。風は爽やか、見晴しもいい。特に日が沈むころが美しい。西の空が見事に夕焼けに包まれる。そんな屋上で、弁当を食べたり、ビールを飲んだりもする。これをわが家では外食と呼んでいる。

五月二十四日㈮

はろばろと来たれど今日の渋谷川のながれぬ水は匂い居にけり

午前は青山で教室。午後は國學院大學博物館に行く。「和歌万華鏡　万葉集から折口信夫まで」という企画展が開かれている。いま話題の「万葉集」のあの箇所もちゃんと見られるように展示されている。この博物館で一番好きなのは復元された折口信夫こと釈迢空の書斎。机の上に置かれた眼鏡、パレットや絵の具、畳に放り出された団扇、ふかふかの座布団の凹み具合など、見ていて楽しい。帰路、渋谷川のほとりでビールを飲み、今年はじめて蚊に刺された。

五月二十五日(土)

どんぐりはいつか大きな木になると信じて父は部下で終わりき

薬剤師になりたいと中学三年生のとき思っていた。それで薬学部のある大学の付属高校に進学した。数学や理科は嫌いじゃなかった。なのに入学早々、担任の先生に「君は文芸部に入れ」と言われた。文芸部の顧問をしていて、部活が決まっていない生徒すべてに声をかけていたのだ。私は断わるつもりで「親に相談します」と言った。そうしたら先生が怒った。「高校生になっても部活を一人で決められないのか」と真っ赤になった。「この先生、なかなかイイじゃん」と思った私は即座に「じゃあ、入ります」と言ってしまった。

五月二十六日(日)

水《み》張《はり》田《だ》の水に覚えし水あそび
あそべよすずめ羽を濡らして

というわけで、文芸部に入った私は芥川を読み、太宰を読み、漱石を読んだ。電車で読み、風呂で読み、授業中に隠れて読んだ。物理の三田先生に見つかって、没収されたのは三島由紀夫の『美徳のよろめき』だった。職員室に呼ばれた。隣がちょうど文芸部顧問先生の席で、先生も一緒に謝ってくれるだろうと思っていたら、知らん顔をして煙草を吸っていやがる。あのときほど腹がたったことはないが、これが人生だと諦めた。で、結局、理系の勉強がおろそかになり、希望していた薬学部は諦めざるを得なかった。

五月二十七日（月）

おむすびに塩をきかせる夏来たり塩をむすびぬ三角形に

ツタンカーメンのエンドウ豆を貰ったので炊き込みごはんを炊く。炊けたあと、すぐには食べず、五時間保温の状態にしておくと、ごはんが桜色に染まると教えられたので、そのとおりにする。確かに五時間たつと桜色に染まった。豆は青いのに不思議。普通のグリーンピースよりも豆の香りは抑え気味。それでいてしっかり豆の味がする。ツタンカーメンの墓から出て来た豆を植えたところ栽培に成功したといわれている豆だが、異説もあるらしい。豆ごはんのおともに桜海老入り玉子焼きと玉葱の味噌汁を作る。

五月二十八日(火)

三毛猫でいえば当年十五歳
今宵閉まらぬウィンドウズよ

出勤。昼休みは近くにある製菓学校「エコール辻　東京」にパンを買いに行く。帰りに寄っても良いようなものだが、ベーコンエピが売り切れていたりする。買って来たパンを机の上に置いて午後の仕事。私の席の周囲はパンの香りに満ち溢れた。帰宅後はパンとビールと映画。映画は夏目雅子と渡瀬恒彦の「時代屋の女房」。観るのは何度目だろう。舞台となった大井町に行き、あの歩道橋を夏目雅子のように渡ってみたこともある（猫を抱いたり、鉄瓶をぶら提げたりはしなかったけど）。

五月二十九日(水)

クリーニングされたる冬物もどり
きてやっぱり狭い部屋へ戻りぬ

痛めていた首がようやく治った。以前に比べて治るのに時間がかかるのは単純に「年のせい」であるらしい。右脚が痛いので病院に行ったお婆さんが「年のせい」と医師に言われて「左脚も同い年です」と反論したという小噺もある。なんでも「年のせい」にしてしまうのは良くないと思うのだが、でもやっぱり「年のせい」と思ってしまうことが多い。蕗の時季もそろそろ終わる。薄味に煮て肴にすると飲みすぎる。「美味しいせい」だ。

五月三十日㈭

来てみれば机に一羽とまりおり鳩のサブレー左を向いて

出勤。妻が読んでいたスタンダールの『パルムの僧院』の上巻を持って出る。が、電車で座れてしまったために寝てしまい、読まずに終わる。外国の小説は登場人物の名前がごちゃごちゃになってしまうので、本来は得意としないのだが、テーブルの上にあったりすると読んでみようという気になる。これは子どものころからの習慣。母が読んでいた「主婦の友」や丹羽文雄、父が読んでいた『盆栽の育て方』や源氏鶏太、卓袱台に置かれていればごく当たり前に読んでいた。

五月三十一日㊎

吊り革のふさがっている誰《たそ》彼《かれ》の腹ぞ空腹知らせて鳴くは

出勤。昨日につづき妻が読んでいたスタンダールの『パルムの僧院』の上巻を持って出る。今日は電車で座れなかったので三十分で六ページ読む。時代背景の説明が難しくて、遅々として進まない。池波正太郎の『剣客商売』ならば百ページは読めるだろう。短いセンテンスと場面転換の速さが魅力。池波正太郎の小説は好きだ。小説だけでなくエッセイ、特に食べ歩き系のものが好き。食べたくなるのではなくて、食べた気にさせられてしまう。「読んだら食べたくなりました」というのは実はまだまだで、「食べた気にさせる」のが本物なのだ。

ロクガツ

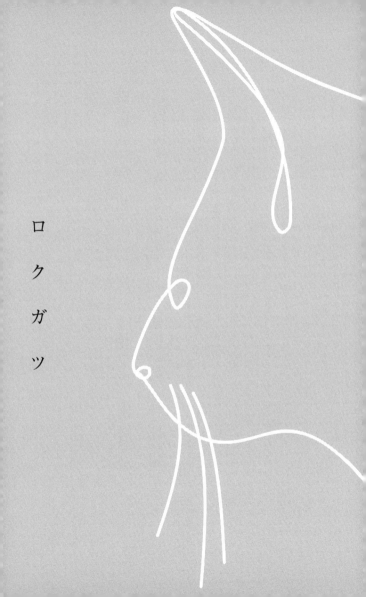

六月一日(土)

映画祭が近づいている　改札を通るたびオードリーに見つめられおり

横須賀ネイビーバーガーを一度食べてみたいと思っていた。そして今日、思いが叶った。入った店は「TSUNAMI」、食べたのは「オバマバーガー」。牛肉一〇〇パーセントのパテは脂身が少なく嚙みごたえがある。食べはじめる前に上のバンズを外して、ケチャップとマスタードと胡椒で好みの味付けをする。バンズをふたたび乗せたら、あとは齧り付くだけ。牛の気持ちはわからないけど、こんなバーガーにしてもらったら「牛に生まれて良かった」と思うのではないかという美味しさ、でした。

六月二日(日)

センターの定位置よりもレフト寄り白詰草のはなむらのあり

公園で子どもたちの野球を見る。投手をジャンケンで決めている。勝ち残った少年が先発するが、ストライクが入らない。六連続四球でまったく野球にならない。「代われ」と内野手が言い寄るがマウンドを降りようとしない。続投。しかし二者連続四球。と、ここで乱闘が勃発した。普通は敵味方入り乱れて乱闘するのだが、味方だけの乱闘というのをはじめてみる。審判役の大人がなんとか乱闘を収め、投手も交代。その後は普通の野球になってしまった。フレッシュネスバーガーで塩レモンチキンバーガーを買って帰る。二日続きのバーガー。

六月三日（月）

くりかえす修正液の重ね塗り「ます」が「ません」に「ません」が「ます」に

たとえば五月二十三日の歌〈七階に止まれば北海道展の海のかおりが寄せてくるなり〉の第四句と結句を〈海のにおいが押し寄せてくる〉にした方が勢いがあって良かったのではないかと、十日たった今も悩んでいる。往生際が悪い、未練がましい、なんとかしたい性格。しかし、なんともならないから性格なのである。この夏はじめての冷やし中華を作って食べる。錦糸卵がうまくできた。

六月四日(火)

あした行く町に出ている傘マーク斜めより降る雨を受けつつ

トイレのスリッパと思われるものを履いている男性を電車の中で見かける。ホテルに泊まったとき、部屋履きスリッパでチェックアウトしそうになったことはあるが、そういうことなのか？　それとも、こういうファッションなのか？　てんぷらをソースで食べる友がいた。変な目で見られることもあるそうだが、ソースで食べる家庭に育った彼にしてみれば当たり前のこと。この世には変なことなど存在しないのではないかと時々思う。変と思うのは自分が先入観に囚われているからで、先入観を捨て去ってしまえば変でなくなる。

六月五日㈬

余熱にて豆をふっくら仕上ぐべし　大事なことは母より聞きぬ

みなづき短歌会。桶川市に行く。さいたま文学館主催の「短歌入門講座」があったのが平成二十八年の六月だった。あれから三年。三年前に比べて明らかにうまくなっているみなさんの作品を読むのが楽しみ。だから片道二時間の距離を通っている。酔い痴れている自分を客観的に詠んだ歌、そんな夫を冷静に見つめている歌（ご夫婦で参加している）、農作業の歌、自然の中を歩く歌、終の住処と決めた街をうたう歌、老後の退屈な日々をユーモラスにうたう歌、介護の現場を詠む歌など今日も盛りだくさん。

六月六日（木）

塩ふればトマトの甘味の引き立つを明日の仕事に役立てんかな

一日家に居て原稿書きと映画。書斎などもともとないので、食卓にもなるテーブルに歌集を積み上げ、パソコンを開く。そろそろ七年目を迎えるパソコンだから、無事に開くとホッとする。映画は山田洋次監督の「母と暮せば」。妻の実家の庭でとれた梅で梅ジャムと梅味噌を作ったところ、好評。二週間経たずに無くなりそう。スーパーに行けば梅は確かに売っている。買って来てもう一度作ってもいいのだけれども、どうも気が進まない。庭に生った梅で作る、そのことに意義があるように思う。来年も元気でいて、梅の収穫から始めたい。

六月七日（金）

買いに来て買う決心の揺らぎ
おり孫の代まで切れる包丁

出勤。夢をよく見る。電車の中のうたた寝ですら壮大な夢を見る。たとえば、「十五歳以上の年齢は廃止」という法律が出来た夢。十五歳で年齢が打ち止めになるというのだ。四十歳も九十歳もみんな一律十五歳。ということは、成人式もないし、酒も飲めないし、年金ももらえない。これは大変なことになる。でも夢の話だから心配はない。帰宅してＤＶＤで「さらば　あぶない刑事」を観る。定年を控えた鷹山（舘ひろし）と大下（柴田恭平）が相変わらずドンパチやっている。こういう映画を観た夜はきっと派手な夢を見る。

六月八日(土)

海暮れて町も暮れたりひかり待つ熱海の駅の流れ解散

熱海市へ。起雲閣で佐佐木信綱祭短歌大会。私は実行委員の一人として選者との連絡や入選者への通知、欠席者への作品集の発送を担当しているが、今日の役目は舞台監督といったところ。「心の花」の有志で作る手づくりの大会だ。大会関係者に用意される弁当は二種類あって、選者は二〇〇〇円の幕の内弁当、スタッフは四〇〇円のちらし寿司で、私はこちら。だけどスタッフの弁当はすごく美味しくて、煮た椎茸の味付けが特によい。値段は五分の一だけど、味は選者の弁当に負けていない。

六月九日(日)

盛大に鯖を焦がして今宵あ
りうわの空には半月のうく

今週末、二子玉川でオードリー・ヘプバーン映画祭が開催される。映画上映の他、パネル展やトークショーもある。映画のチケットはたぶんもう売り切れていると思う。二週間前に「噂の二人」と「いつも2人で」のチケットを買ったのだが、残席はわずかだった。オードリーの人気は根強い。朝のうちに妻の実家で草むしり。小一時間、根強い(?)雑草と戯れる。草むしりを趣味にしていた時期もあるのだが、今はマンション住まいだから、妻の実家で遊ばせてもらっている。

六月十日(月)

もう一部屋ほしい暮らしの行きどころ玄関の本くずれてドドド

さいたまスーパーアリーナで「みんなの短歌」。昼は信州そば処そじ坊で、カツ丼とざるそばのセット。私にカツ丼を作らせると、けっこう上手い。タレにウスターソースをごく少量入れることと、前の晩に揚げたカツを使うこと、この二つがポイント。揚げたては肉も衣もカツになった興奮が収まっていないので、カツとタレとが喧嘩してしまう。ひと晩寝かせたほうが肉も衣も穏やかになっている。寝かせることが大切なのは短歌の推敲と同じです、と結論づけるのは、あまりうまい終わり方じゃないなあ。

六月十一日㈫

六月の職場に傘の二、三本置きて勤しむ忠兵衛のごと

出勤。今月二十五日に群馬県の伊香保温泉で開かれる伊香保短歌大会のスクーリングを担当することになっているので、そのための資料作りをする。「短歌を読むたのしみ」と題した話をする予定。短歌は三十一文字しかないので、言いたいことを全部言えない。何かを省略しなくてはいけない。だから読者は省略された何かを補って読む。いかに省略するか？　いかに省略を復元するか？　作者と読者の間で省略を巡る駆け引きが行われる。それが短歌を読む楽しみの一つである。夜は味噌カツ、ビールに合う。

六月十二日㈬

夏場所は五月なりけり日本の
弱冷房車に冷やされており

浦和市民会館へ。「心の花」会員の小木曽友さんの第一歌集『神の味噌汁』の批評会。三十人が集まる。参加者全員が言いたい放題の会である。小木曽さんは八十代半ば。奥様は書家（小木曽青壺）であり「心の花」に所属した歌人（沢木あや子）であった。奥様が生きているときは短歌を作ろうと思わなかったが、遺志を受け継ぐ形で歌いはじめて八年。小木曽さんの努力はすごかった。毎朝、名歌を数首ずつ書き写したという。昔は当たり前だった歌の書き写し、最近は流行らないけど、歌の勉強には一番良いと思っている。

六月十三日(木)

食材はきのうもきょうも二人分　薄皮むけばたまねぎ白し

休み。アニメの「ルドルフとイッパイアッテナ」のＤＶＤを借り、五目焼きそばの材料を買ってくる。黒猫のルドルフに名前を聞かれて「イッパイアッテナ」と答えたのは、その町のボス猫。野良である。トラとか、ボスとか、町の人が思い思いに名前を呼んでいるので名前がいっぱいある。だから「いっぱいあってな」と答えたのだが、ルドルフはイッパイアッテナが名前だと勘違いした。私の町に住む「オナカシロコ」も私と妻が付けた名前だから、いっぱいある名前の一つに過ぎない。

六月十四日㈮

西日さす部屋に戻りぬ今日はまだ五百カロリーとれるわたしが

青山で講座。終わってから、小説を最近は読んでいないなあと思いつつ書店を巡る。が、気乗りがしない。湿度が高いせいだろう。暑さにめげず「新潮文庫の100冊」を読んでいた若い日々が懐かしい。テレビをあまり見ない私が本を読みたくないときは、ＤＶＤを見ながら飲んで食べるしかない。小津安二郎監督の「お早よう」と成瀬巳喜男監督の「浮雲」を観る。おともはハイボールと串カツとピクルスと冷やしきつねそば。

六月十五日(土)

あじさいの白のくわっと咲きはじむ不倫を責めて許すこの国

二子玉川で開かれているオードリー・ヘプバーン映画祭で「噂の二人」を観る。ホテルのレストランでは映画祭にちなんだメニューを出している。でも、高いのでパス。五十代の前半、一人で名古屋から京都、大阪にかけて旅をしたとき、一泊六千円台のホテルにばかり泊まった。かなり風変わりな宿が多かった。中でもセミシングルの部屋は、さすがに狭かった。つまりシングルのセミなのだ。「身長百七十センチ以上お断り」の部屋である。ピザを焼くかまどのような部屋である。しかし、旅の途上とあれば、それも楽しいエピソード。

六月十六日(日)

東西に、南北に、雲ひろがりぬ梅雨どきの髪まとまり悪し

昨日に続いてオードリー・ヘプバーン映画祭。午前十時から「いつも2人で」を観る。観たあとは佐佐木幸綱先生のお宅で「心の花」八月号の編集会議。編集に加わるようになったのは「心の花」百十年記念大会の少し前だから、かれこれ十一年になる。最初の仕事は記念大会での金田一秀穂さんの講演のテープ起こしだった。十一年間一緒に作業して来たのは、黒岩剛仁、谷岡亜紀、田中拓也、奥田亡羊、佐佐木頼綱、そして今は病気療養中の大野道夫。それぞれの十一年、でも相変わらずの十一年。

六月十七日（月）

あの世から見ればあの世にいて指の付け根濡らしてたべる水菓子

藤沢に行く。藤沢の昼はミスタードーナツと決まっている。他にも美味しい店を知っているのだが、月に一度はドーナツを食べたくなるから、藤沢で食べる。電車の中で川上弘美のエッセイ集『あるようなないような』を読み、ふわふわした気持ちになる。川上さんのエッセイを読んで背筋がシャキーンと伸びることはない。だから好きなのだ。あと、川上さんのエッセイは書き出しの一行目にヤマ場がある。いきなりヤマの頂上に達する。なので私は下りの道を下りるだけ。ふわふわしながら下りるだけ。

六月十八日㈫

百枚の百円玉をてのひらに乗せていそいそ麦書房まで

出勤。出勤するとまず学食に行って日替わり定食のメニューを確認する。カロリーも表示されているので、ぬかりなくチェックする。それから自販機で缶コーヒーを買う。定食のカロリーが高い場合は無糖を選び、ちょっと低い場合にはカフェオレにする。私の第一歌集に〈コーヒー代節約二ヵ月ついにわが開く『山崎方代全歌集』〉という歌が収められているのだが、ある人に「ずいぶん高い本なんですね、コーヒーが一杯五〇〇円として……」と言われた。コーヒー代は缶コーヒーのこと。二か月で一万円貯めたのでした。

六月十九日(水)

降っていることは知ってた
閉店のあとは濡れつつ町を歩いた

みなとみらい。この町に来ると必ずベローチェに入る。というか、行った先にベローチェがあればベローチェで一休みする。コーヒーが一杯二〇〇円、内装が落ち着いていて、椅子も座り心地が良い。コーヒーを飲み、ハムサンドを食べ、講座の予習をする。かつて仕事がなかった時期には朝から夜まで図書館に居たのだが、図書館が休みの日には上尾駅前のベローチェに長居した。一年三百六十五日営業していたし、元日やクリスマスに一人でいても、周囲もほとんど一人だった。

六月二十日（木）

あじさいを今日も素通りしてしまう凄いと妻が確か言ってた

出勤。来週の伊香保短歌大会に備えて準備が進んでいる。担当者は忙しそう。私はいつも通り。昼は学食で日替わりランチ、定時に「お先に失礼します」。電車の中では辻仁成の『海峡の光』を読む。青函連絡船の客室係を辞め、函館で刑務所の看守となった私の前に服役者として現われた男は、かつて私をいじめ抜いた男だった。平成八年の作だから、もう二十三年経つ。今まで読まなかったことを後悔しつつ読む。柿安のローストビーフ弁当が二割引きになっていたので買って帰る。

六月二十一日㊎

残されしメタセコイアの影ひとつ今は空き地を長々と伸ぶ

今日から三連休。玉川髙島屋をふらふらする。南館は十一階まであるのだが、屋上は七階にある。エレベーターに乗ったところ、この不可思議な現象について女の子がお母さんに訊いている。「十一階建なのに屋上はなんで七階なの？」。お母さんは懸命に答えるが女の子には理解できず、「なんで」を繰り返す。私は子どものころ、よく鼻血を出した。それで母に訊いてみた。「どうして僕は鼻血が出るの？」。すると母は答えた。「それはね、鼻から血が出るからよ」。答えになっていない答えだったが、一番正解に近いかも知れない。

六月二十二日(土)

水茄子を食えばわたしに夏は来て、失脚せしは水野忠邦

休み。ものぐさになって一日を過ごす。以前、柳家小三治で聞いた小噺。ものぐさが大勢集まったときに一人が言った。「これだけものぐさが集まったんだから、ものぐさ会でも作ろう」。するとみんなが答えた。「やめよう、面倒くさい」。映画を観る。李相日監督の「フラガール」。松雪泰子、蒼井優が主演。炭鉱が閉鎖されて人々が職を失ってゆく時代を背景に、常磐ハワイアンセンターフラダンスチームの設立から猛特訓を経てステージに上がるまでを描く。ものぐさ会の設立を断念したものぐさ達とは大違い。ラストシーンに大いに泣く。

六月二十三日(日)

足元に鳩は来ておりこれだから公園で食う昼の弁当

今日も一日ものぐさになって過ごそうと思ったが、買い物に行ったら葉つきの人参があったので二本買う。人参はきんぴら風炒め物とマリネに、葉は炒めて玉子とじにする。肴が出来たので、日曜だからと言いながら芋焼酎のお湯割りを明るいうちから飲み始めてしまう。

映画は原田眞人監督の「検察側の罪人」。出演は木村拓哉と二宮和也。この二人の手堅い演技で、まあ期待通り。めっぽう良かったのは脇役。松重豊、大倉孝二、酒向芳。悪役が見事にはまっている。悪役がいいと映画は面白い。

六月二十四日(月)

サプライズゲストならねどもうすでに酔いのまわった席に加わる

藤沢で講座。終って、上野東京ライン、上越新幹線、吾妻線を乗り継いで伊香保温泉へ。出不精の私からすれば久しぶりの大移動になる。明日の仕事に備えて前泊。伊香保は万葉集に詠まれ、徳冨蘆花の『不如帰』にも出てくる由緒ある温泉場。去年も六月に下仁田にある秘湯に行ったが、まったく趣が違う。けど、どちらも好き。夏目漱石をときどき読み返すのは、「生きていてよかった」とか「俺は日本人だなあ」と思うことができるから。温泉に入るのと同じ効果がある。

六月二十五日(火)

六月の雨にふくらむ多摩川の
中洲ひとつが消えゆくを見き

伊香保温泉に来ている。伊香保温泉短歌大会。大会の会場となるホテル天坊に宿泊。私は朝十時から短歌講座のスクーリングを担当するので、昨夜はほとんど飲んでいない。いたってスッキリ。「短歌を読む楽しみ」という題で一時間十五分、話を聞いていただく。思えば今から十数年前、短歌を始めて間もないころ、熊谷市短歌大会というのがあって、沖なもさんのスクーリングを受けたのだった。そのとき見ていただいた歌が〈マルクスの髭よりも濃き雲わきて行楽予定が大きく狂う〉、ずいぶん誉めてもらった。

六月二十六日㈬

若夏のひかりを乗せて輝きて
寄せ来たる波、岩に飛び散る

休み。尾崎左永子さんの『自伝的短歌論』を読んでいた妻が「え～っ」と驚きの声をあげた。「尾崎さんは瀬田に住んでいて、東京女学館中学に通っていたのよ」と興奮しながら言う。今度は私が驚く。妻も世田谷の瀬田に住んでいて渋谷の東京女学館の中学と高校に通っていた。尾崎さんが通われていたのは戦前のこと。玉電（玉川電気鉄道）で通学していた。妻は昭和四十年代後半から五十年代前半にかけて、バスで通っていた。

六月二十七日㈭

町猫となるには手術に耐えるべしオナカシロコに苦難はありき

出勤。机を並べる「コスモス」の松尾祥子さんも世田谷区瀬田に関係がある。ご両親が結婚した当初、瀬田に住んでいた。その後、杉並区の浜田山に越したので松尾さん自身は瀬田に住んだことはないが、結婚するまで本籍は瀬田だった。「塔」の小林幸子さん、「心の花」の佐佐木頼綱さんは瀬田中学校の出身。頼綱さんは私が住むマンションの前を通って通学していた。近くに小さな公園があって、犬や猫が集まっている。動物好きな頼綱さんは犬や猫と遊んでいて遅刻しそうになったのだろうと、勝手に想像している。

六月二十八日㈮

青葉台、つきみ野、中央林間を抜けて見にゆく海を打つ雨

青山へ。十二時十五分に講座が終わるので午後はまるまる空く。このまま海に行ってしまおうかとも思ったが、もうしばらくすると海の家が開く。海の家で飲む生ビールは格別。おつまみは紅ショウガがたくさん添えてある焼きそばが、いい。晴れた日、曇りの日、雨の日、雪の日。海はそれぞれ違う表情をしている。なんだかここのところ自分らしい生き方ができていないと思うときに、雨の降る海に向かっていると、それだけで妙に慰められる。

六月二十九日（土）

跳ねているすずめはみんなたのしいと思う心で家に帰らん

「プチ☆モンド短歌の集い」に呼んでいただき、アルカディア市ヶ谷へ。「五十歳までの挽歌と五十歳からの相聞歌」という題で講演。その後は松平盟子さんとともに詠草の歌評をする。市谷は大学時代に四年間通った懐かしい町。変わったようでいて、あまり変わっていないが校舎は大きく変わった。53年館がなくなり、あとに二十七階建てのボアソナードタワーが建った。実はこの校舎が建つとき、私は一万円を寄付している。母校に寄付をしたのは、後にも先にもこのときだけ。

六月三十日（日）

わが部屋に火事を起こしに来た男「驚かないでください」と言う

休み。午前中は法定保守点検というのがあって、ちゃんと火災警報器が鳴るかを調べに来る。部屋にいなくてはいけない。その報知器がパソコンを置いているテーブルの上にあるので、テーブルを移動する。移動するにあたってはテーブルに積んである本や書類を片付けなくてはならない。というわけで、半年に一度の点検が大掃除の切っ掛けになってくれている。大掃除で草臥れたので昼は生協のバターチキンカレー。そして長い昼寝をする。

シチガツ

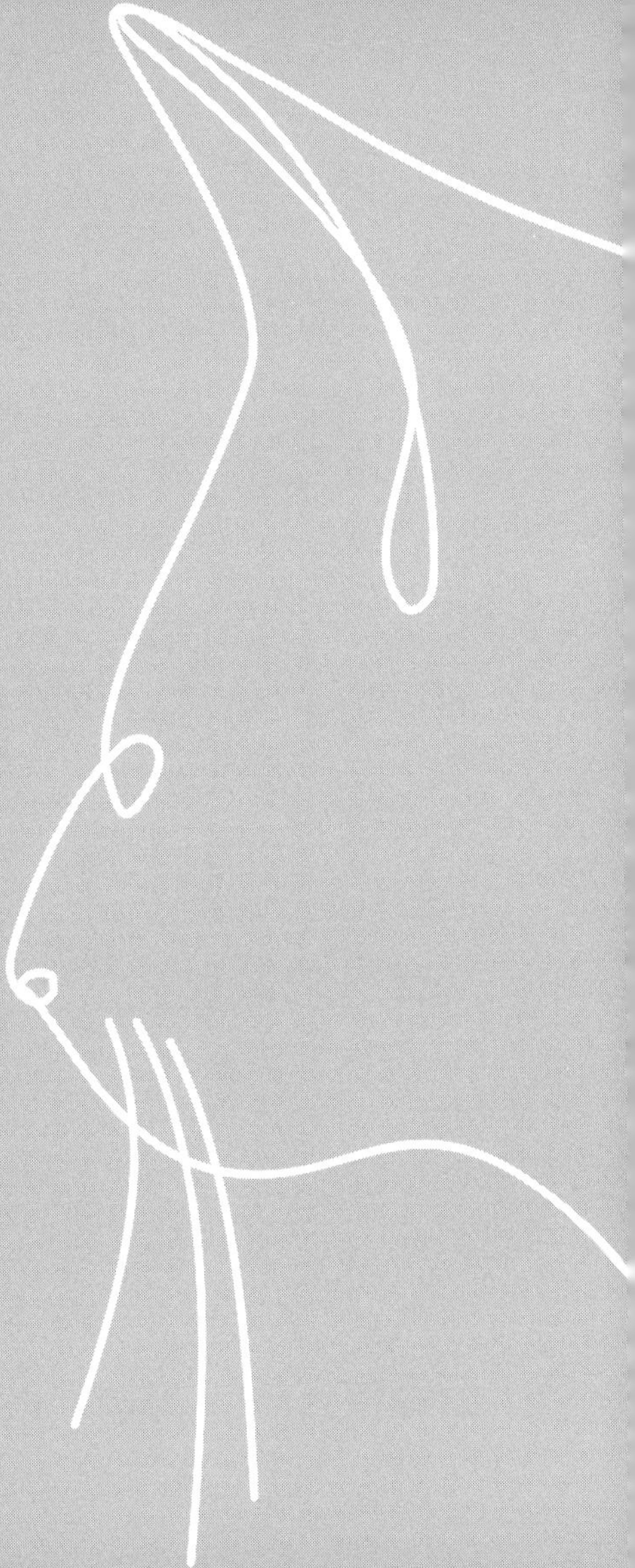

七月一日(月)

濡れ傘を誰もがさげている朝の電車にくもる眼鏡そのほか

久しぶりにチキンカレーを作る。じゃが芋も玉葱も鶏肉も人参もみんな大きく切って、ゆっくり煮込む。料理を作りながら汗をかくのが好きだ。山下澄人の『しんせかい』を読む。倉本聰の「富良野塾」を舞台に俳優志望の若者たちの群像を描く。登場人物が多いので、整理しながら読まねばならないが、一気に読める面白さ。富良野塾のメニューもカレーが多かったのではないかと思う。

七月二日㈫

遺歌集を読みて今宵は灯を消さず死に凭れつつ詠みし五百首

TSUTAYA二子玉川店が二週間後に閉店してしまう。DVDは一〇〇パーセントここで借りていたので、今後どうなってしまうのだろうと茫然としている。パソコンを使って、きっと今よりも簡単に観たい映画が観られるようになるのだけれど、ビデオを借り、つまみとビールを買い、「さあ、帰ったら観よう」というワクワク感が無くなってしまう。便利にはなるけれど楽しみがなくなるということは結構多い。ダルデンヌ兄弟が監督した「少年と自転車」を借り、金麦ビールとサーモンづくしの寿司を買って帰る。

七月三日(水)

乗り切れぬ一人となりて次を待つ五分五分でやむ雨もある

出勤。極めて大事な仕事があったが無事終了。TSUTAYA二子玉川店が十三日後に閉店してしまう。仕事の後に借りて帰る喜びを惜しむように今日も借りて帰る。新海誠監督の「言の葉の庭」。靴職人を目指す高校一年のタカオは雨の日の午前は授業をさぼって新宿御苑に行くことにしている。東屋の屋根の下で出会った女性はチョコレートをつまみに缶ビールを飲んでいる。そんな二人の間に流れる数か月間を追ったアニメ。自然描写の美しさは類を見ない。もう何度も見ている映画だが、梅雨の時期には繰り返し観たくなる。

七月四日㈭

恋をする源氏螢の明滅を見て来て今宵ふたり静けし

昨日観た映画「言の葉の庭」には「万葉集」巻十一の歌が二首出てくる。〈雷鳴の少し動みてさし曇り雨もふらぬか君を留めむ〉と歌を送られて、〈雷鳴のすこし動みてふらずとも吾は留まらむ妹し留めば〉と返す。名前のない男女の相聞歌のやりとりである。雷鳴は「なるかみ」、動は「とよ」と読む（表記は佐佐木信綱編『新訓　万葉集』による）。「雨が降ればあなたは帰らないでしょう」「いや、降らなくても君がいれば帰らない」と、他愛もないやりとりなのだが、その純粋さがなんとも微笑ましい。

七月五日㈮

ひと群るる江戸前寿司の桶にさえ残るものあり乾《ひ》反《ぞ》りゆくまで

ながらみ書房主催の前川佐美雄賞の授賞式。社主の及川隆彦氏は法政大学の先輩であり、晋樹隆彦を名乗る「心の花」の歌人である。会うたびに「仕事、どうしてるの」と心配してくれる。二回ほど就職を世話してくれたが、働く状況になかったときだったので断わってしまった。だから合わせる顔がない。挨拶を交わした後は、遠くから元気な姿を見て安心するに留める。ふところに飛びこむのが昔から苦手だ。ちゃんと受け止めてくれるのに二の足を踏んでしまう。損な性格だと言われるし、自分でも思うのだが、このまま治りそうにない。

七月六日(土)

ペルシャより来たる火の神わがためにいまは竈《かまど》にピザを焼きおり

今日はサラダ記念日。俵万智さんの〈「この味がいいね」と君が言ったから七月六日はサラダ記念日〉に基づく。短歌を始めてから一年半は読売歌壇の俵万智欄に投稿していた。数えたところ四十九回入選している。三週に二回の割合。それで「心の花」に入会した。入会申込書の推薦人の欄に勝手に俵万智と書いた。短歌の世界での身元保証人は俵さんだったと思っている。というわけで今夜は大根、かにかま、きゅうり、茗荷、大葉のサラダを作る。

七月七日(日)

ともだちの数の割には「いいね」の

少な　生え際よりもあわれ気にせり

休み。『おくのほそ道』を突如読みたくなり、探す。茶色に変色した岩波文庫を書棚の隅に発見。いつも泣くのは「山中」の場面だ。曾良が腹を病んで、芭蕉との同行が叶わなくなる。〈行き行きてたふれ伏すとも萩の原〉と曾良が詠み、〈今日よりや書付消さん笠の露〉と芭蕉が返す。書付とは笠に書かれた「同行二人」の文字。じんじんと二人の無念が伝わってくる。旅行記に泣くタイプである。子どものころに読んだ本で、タイトルを忘れてしまったが、アムンゼンとスコットが人類初の南極点到達を目指す話にも大泣きした。

七月八日(月)

関取の三人《みたり》をおろしたるタクシー
空車となりてわれひとり乗す

さいたまスーパーアリーナで「みんなの短歌」。秀歌鑑賞の時間があって、毎回二十首を紹介する。前半の十首は私が解説、後半の十首は参加者に好きな歌を一首選び、意見を述べていただく。意外な〈読み〉が毎回出てきて気づかされることが多い。短歌を前にすると先生も生徒もない。選句するときに大切にしていることは何ですかと訊かれた金子兜太氏が「誠実」と答えていた映像をときどき思い出す。歌を読むときに大切なのは「誠実」かも知れない。技術など、ほんの些細なことだ。

七月九日（火）

手の甲のメモもたちまち「村さん」を残して消えぬ　出梅《つゆあけ》遠し

出勤。朝の電車で車掌が「飛び込み乗車はおやめください」と放送している。「駆け込み乗車」はいつも聞いているが「飛び込み乗車」ははじめて聞く。「駆け込み」よりも、かなり激しい乗り方なのだろう。ならば「なだれ込み乗車」とか「倒れ込み乗車」もあるのだろうか？考えるだに恐ろしい。「ビールのおつまみに」と退社するときに落花生をもらったので、ビール、落花生、ビール、落花生と唱えながら帰宅する。子どものときは「鼻血が出るから」と落花生を食べさせてもらえなかった。その反動だ。

七月十日(水)

結婚の祝に賜いし湿度計あさなあさなにさす八十台

この「短歌日記」を以前書いていた坂井修一さんにお会いしたとき「空き巣に狙われるから、外出することは書きにくかったです」とおっしゃっていた。なるほど、確かにそういうことはある。明日は渋谷に行きますなどと書くのは危険だ。でも、出掛けることを書かないと私には書くネタがない。そこで考えた。番犬を飼おう。空き巣を絶対にゆるさずに、嚙む力が猛烈に強い番犬を飼おう。どうせなら五匹くらい飼おう。渋谷にメキシコ料理を食べに行く。ハッピーアワーだと大ジョッキが中ジョッキの値段で飲める。

七月十一日㈭

瀬をわたり来て世田谷に吹く風に雨が匂えり午後は降らんよ

私と妻が「オナカシロコ」と呼んでいる猫を「プロント」と呼んでいる若い男女がいた。可愛いオナカシロコにプロントは似合わない。「うちのオナカシロコに変な名前を付けないでください」と文句を言いたいところだが、よく考えてみると、オナカシロコは「うちの猫」ではない。だから、なんと呼ばれようと耐えるしかない。今までの人生で何個か綽名を付けられた。高校のときは小林よしのりのマンガ『東大一直線』の東大通に似ているというので「トーダイ」、大学のときは作家の田中康夫に似ているからと「やすおちゃん」。

七月十二日㈮

あじさいの白の褪せつついまだ梅雨めっきり酒量このごろ増えて

中西由起子さんの『夏燕』、黒岩剛仁さんの『野球小僧』、大口玲子さんの『ザベリオ』など、ここのところ「心の花」の人たちが個性豊かな歌集を出している。それに刺激されたわけではないが、私も秋に第三歌集を出すことにして、ただいま準備中。短歌は人生の足跡でもある。しばらく出さないでいると生き方が大きく変わっている。第二歌集『すずめ』を出してから六年。歌集一冊に収めるにはちょうど良い程度の変化があった。帰宅して冷蔵庫を開けると、炒り豆腐を作れるだけの材料があったので早速作る。作ってから日本酒を買いに行く。

七月十三日㈯

なくなってしまったビルの踊り場を思い出すとき一人笑いせり

午後六時から中野サンプラザで「心の花」東京歌会。約六十人が参加。一人一首歌を出して、二首に投票する。かつては票が集まりやすい歌というのがあって、質の良し悪しにかかわらず猫の歌と母の歌は人気があった。でも、誰が言ったわけではないが、それは良くない傾向だという雰囲気が生まれ、票が集まらなくなった。自浄作用と言ってしまうのは変だけど、自然といい方向へ向かって歌会が変ってゆく、そういう歌会からは新しい才能が次々と出て来る。二次会は赤ひょうたん。二時間ほどで解散する。

七月十四日（日）

妻とわれの記憶がすこし食い違い宗円寺どこ円宗寺どこ

『藤原月彦全句集』を読んで過ごす。藤原月彦とは藤原龍一郎さんが俳句を作る時のペンネーム。一九七五年から八九年までに六冊の句集を出している。六冊目の句集『魔都　美貌夜行篇』を出した六か月後に第一歌集『夢見る頃を過ぎても』を上梓、以後は主に歌人として活動した。藤原さんと連れ立って何度か落語を聴きに行った。新宿の道楽亭やミュージックテイト、浅草の東洋館、マニアックな会場が多かった。「短歌研究」で落語をテーマに対談したこともあった。そんなことを思い出しては、混沌とした十七音の世界に踏み込んで行く。

七月十五日(月)

二年後に死ぬこと知らず三歳のみっちゃんは泣くカメラの前に

海の日だから混むだろうと思いつつ、江の島へ海を見に行く。案の定大混雑しているが、泳ぐわけではないのでまったく影響なし。海の家で生ビールさえ飲めれば満足だ。海がない埼玉県に住んでいたせいもあるし、父も母も泳がない人だったので海で泳いだことがない。親戚の叔父さんが一度だけ連れて行ってくれたことがあるが、泣き出してしまい海に入ろうとしなかった。でも、スイカ割りは喜んだようで、目隠しをして棒を振りかざした写真が一枚残っていた。

七月十六日㈫

今日中にとどくAmazon非常食を注文してはリュックに満たす

TSUTAYA二子玉川店が今日で店を閉じてしまうのでまとめて借りる。「プーと大人になった僕」「世界でいちばん長い写真」「アルビノの木」「友だちのうちはどこ?」。いずれも比較的新しい映画、公開されたときに観たいと思っていて見逃した作品。入場料の一八〇〇円を考えると、どうしても映画館から足が遠のいてしまう。ちょっと待てばDVDになるので、ちょっと待って借りる。差額で、文庫と鉄火巻と缶ビールが買える。キャベツが一個まるごと残っていたので、三杯酢に漬け込むだけの自己流ザワークラウトを作る。

七月十七日(水)

環八に沿いて繋れるもみじば
楓《ふう》ときに白バイ隊員かくす

イランの映画「友だちのうちはどこ?」が面白い。教室で隣に座っている友だちのノートを間違って持って来てしまった少年が、ノートを届けようと友だちの家を探して歩く物語。英国映画協会が選んだ「十四歳までに見ておきたい五十の映画」のベスト10にランクインしているそうだ。ちなみに「自転車泥棒」「ET」「千と千尋の神隠し」「オズの魔法使い」もランクインしている。十四歳までにどんな映画を見たか、すっかり忘れてしまった。唯一覚えているのは「日本沈没」。親と一緒でなく、友だちと連れ立って行った最初の映画だった。

七月十八日(木)

ガラケーを使いつづけるこの意地も母よあなたの遺産のひとつ

歌が出来ない……、テオ・アンゲロプロス監督の「永遠と一日」に「言葉を買う遊び」をする詩人が出て来たが、売ってくれる人がいれば(しかも手ごろな値段なら)買いたい気分。「永遠と一日」はほんとうに良い映画だ。今まで観た中でベストワンを選ぶとすれば有力な候補である。でもまあベストワンなんて実際には決まらないし、観るときの気分に大きく左右されるので、ベスト10だって選べやしない。今夜は何が飲みたいかなんて、天候と料理によってコロコロ変わる。カニクリームコロッケに日本酒、そう思う夜だってある。

七月十九日㈮

雷鳴をふたたび聞いて席をたつ午後一番でする電話あり

出勤。秋からNHK学園で開講する「令和に学ぶ万葉集　佐佐木幸綱ゼミナール」の準備作業。撮影した動画が編集されて戻って来た。副教材となる練習帳の校正刷りも手元にある。万葉集の講座の開講が決まってから三か月、多くの人の力が結集して、ここまで漕ぎつけた。この充実感は「プロジェクトしました」という感じ。学食のテラス席で昼食。フットサルコートの人工芝を見ながら食べる。ちょっと今月は小遣いを使いすぎているので、日替わり定食の五三〇円はありがたい。

七月二十日(土)

「人生はそして続く」で終るらし長編にまだヤマひとつなく

休み、そして妻の誕生日。プレゼントはないけれど、どこかに夕食を食べに行くというのがお互いの誕生日の過ごし方。とは言ってもすごく高いレストランとかには行かない。いつも行くような居酒屋よりは、ちょっと贅沢するといった感じ。秋に出る予定の第三歌集のゲラが出て来た。原稿の段階では気に入っていた歌が、ゲラになると気に入らなくなる。あれこれ差し替えしているうちに真っ赤になってしまった。来春の花粉症対策にヨーグルトを食べ続けている。今日は、トマトにヨーグルトをのせて、砂糖を少し振りかける。

七月二十一日(日)

日曜の神学校の鉄門がひらかれしろき擬宝珠の咲く

佐佐木幸綱先生のお宅で「心の花」の編集作業。月に一度のことなので、忘れていることが多い。今日も「トレーシングペーパー」という言葉が出て来なかった。たいがいは「写真の、あれ」で通じてしまうのだが。居酒屋に行くと「お通し」と言う言葉が出て来ない。そういうときは小鉢の形を指で作って「これ」と言う。でも、ほとんど通じない。その日によって「お通し」の内容が変わる店では、「今日のお通し何？」と訊きたい。それを確かめた上で、飲み物と肴を注文したい。お通しがモズクなのに、酢蛸を注文してしまうと悲しくなる。

七月二十二日(月)

見た目よりも鮮度を買えりさらさらとさらせば水に茄子紺の濃し

休み。駅前のカフェに行き、「お持ち帰りですか?」と訊かれたので、思わず「お持ち帰りです」と答えてしまう。「あっち向いてホイ」に勝ったことがない。指される指の方向を必ず見てしまう。根が正直だからと言われるが、運動神経に関係しているのではないかと思う。混雑している街中で人とすれ違うのが苦手である。ぶつかりそうになってばかりいる。これも運動神経と無関係ではない。無人販売所で茄子を買う。六個で一〇〇円。味噌汁と浅漬けにしたところ、甘い。新鮮で美味しい茄子は甘いのだ。

七月二十三日㈫

さるすべりの百日間がはじまりぬ選挙のあとの町のそここ

ここ数日、フェイスブックが開かない。原因がわからない。メッセージが届いているかも知れないが、読めないから返事もできない。このまま直らなければ、二百人いる「お友だち」との繋がりが消えてしまう。それはかなり困った感じもするが、そんなに困ったことではないだろうとも思う。アベル&ゴードンが制作・監督・脚本・主演をこなした映画「ロスト・イン・パリ」を観る。痛快コメディー、大いに笑う。アベルとゴードンの二人は現役の道化師だから、センスのいい笑いを心得ている。パリの風景、流れる音楽も楽しめた。

七月二十四日(水)

靴下の黒の片方探すごとわけのわからぬ悲しみが来る

タピオカドリンクの店の前を通ると、高校生二人が教師らしい人に叱られている。校則の厳しい学校らしい。うなだれている生徒が手にしているカップにはドリンクがまだ残っている。胸が痛む場面、せめて残りのドリンクを最後まで飲ませてあげたい。『木山捷平全詩集』を読む。「濡縁におき忘れた下駄に雨がふつてゐるやうな／どうせ濡れだしたものならもつと濡らしておいてやれといふやうな／そんな具合にして僕の五十年も暮れようとしてゐた。」「五十年」と題された短い詩が大好きだ。

七月二十五日(木)

妻に言われてはじめて気づく合歓のはな気づけば花はそろそろ終わる

九十代の方から預かっている歌集の原稿を読んでいる。その方は今病院にいる。「間に合わせたい」というご家族の希望があり、急いでいる。合間合間に一か月半前に亡くなった笹本碧さんのことを思い出す。笹本さんは三十四歳だった。一年間の闘病は辛かったことだろう。死の直前に第一歌集『ここはたしかに』が出た。亡くなったのは六月八日。私は佐佐木信綱祭で熱海にいた。死去の連絡が入ったのは昼ごろ。笹本さんと親しかった佐佐木頼綱さんや原ナオさんが、ぼんやりと窓から遠くの方を見ていた。その姿が忘れられない。

七月二十六日㈮

梅雨明けをしたかしないか知らぬまま汗かいておりスマホ持たねば

久しぶりに小説を読む。夏だからスカッとした青春小説を読みたいということで、誉田哲也の『疾風ガール』を選んだ。ロックバンドの天才ギタリスト・美貌の柏木夏美が主人公。バンドの描写が詳しいのは、小説を書く前に誉田さん自身がバンドをやっていたから。誉田さんは妻のいとこにあたる。今年二回目のゴーヤチャンプルを作る。例年だとゴーヤは妻の実家の庭から採ってくるのだが、今年は全然育っていない。仕方なく、買う。スパム、木綿豆腐、玉子、そしてゴーヤ。玉葱、人参、もやしは入れない。材料はシンプルな方が美味しい。

七月二十七日㈯

悲しすぎてわれの使えぬ言葉その1「母さんとあさがおを咲かせた」

「心の花」は今日と明日、徳島で全国大会。行きたかったのだが、さまざまな事情が重なって断念。本州から出たことのない私が、はじめて海を渡るチャンスだったのに、残念。本州から出たことがないということは海外にも行ったことがない。飛行機や船が恐いということではなく、行くチャンスがなかっただけ。私と高山邦男さんが海外に行ったことがないというので、酒の肴にされて来たのだが、高山さんは去年、友だちの結婚式に出るためにハワイに行ってしまった。いよいよ一人残された。

七月二十八日(日)

大切な湯呑に添える萩の月ち
ちははは食《は》まずひと世を終えし

毎朝日本茶を少なくとも三杯、多ければ六杯は飲む。そうしないと体が目覚めてくれない。前にはチョコレートなどの甘いものを一緒に食べていたが、年々お茶だけを欲するようになった。どこそこのお茶でなければいけない、といった拘りはない。生協で売っている一番安いやつで、いい。毎朝使っている湯呑は近所のガレージセールで入手した。志野焼のような風合いで、使い勝手が良い。もう一つ、笠間焼の湯呑があって、こちらは頂いたもの。おやつの時間に美味しい和菓子があるときにだけ使う。

七月二十九日（月）

雨音のきこえる夜をふかぶかと体の底に眠りは降りる

出勤。電車の中で津村記久子の『この世にたやすい仕事はない』を読む。「一日コラーゲンの抽出を見守るような仕事」を求めてハローワークに行った女性が紹介された仕事は隠しカメラを使った女流作家の監視だった。最初のうちは違和感を持っていた作家の生活ぶりに影響されるようになってゆく主人公。作家が買うものを自分も買うようになる。そして作家と一緒に生活しているような錯覚に陥る。この夏はセブン-イレブンの冷製パスタをよく食べている。割り箸ではなく、フォークとスプーンで食べると、いっそう美味しくなる。

七月三十日(火)

仰向くは喜びなれど豚骨のスープ残して暖簾より出る

七月の前半には、もう二度と勝てないのではないかと思われていた広島カープが、ようやく立ち直って来た。球場に行かない、中継は見ない、けれども結果だけが気になるという広島ファンである。広島ファンになって四十年近くなるから、長いことは長いが、淡いことも淡い。強い時期・弱い時期・どん底の時期といろいろ見て来た。どちらかと言えば、Bクラスが続いていた時期の広島のほうが好きだった。ふっくらとした茗荷をスーパーで見たら、そうめんが食べたくなった。この夏、はじめて食べる。

七月三十一日(水)

こちらへと鏡の中に招かれる銀の鋏を持ったおとこに

休み。家でごろごろ、映画を三本観る。ウディ・アレン監督脚本の「ミッドナイト・イン・パリ」、オットー・プレミンジャー監督の「バニー・レークは行方不明」そして小津安二郎監督の「秋刀魚の味」。一本目と二本目の間に床屋に行く。一週間前に予約していた。いつも刈ってもらう理容師（スタイリストと呼ばれている）は売れっ子で、自由が丘店と登戸店にも行っているから予約が取りにくい。カット料金一六〇〇円、他に指名料四〇〇円が必要だが、矢後翔馬さんは私の硬くて刈りにくい髪の毛をうまくまとめてくれる。

ハチガツ

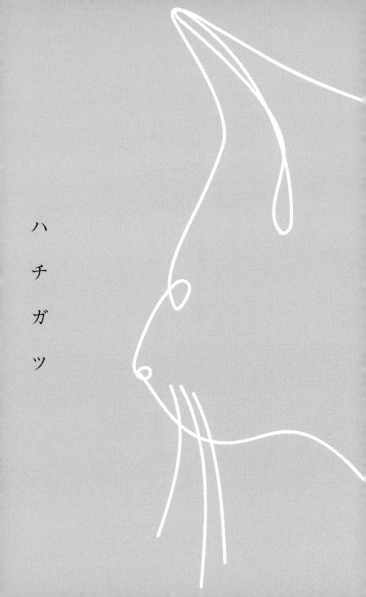

八月一日(木)

丑の日は気づかぬうちに過ぎていた、この喜びを誰にも言わず

出勤。明日開催されるＮＨＫ学園生涯学習フェスティバル武蔵野市短歌大会の準備など。昼休みは自席で原稿を書きながらサンドイッチ。コンビニのサンドイッチは当たり外れなく、すべてが美味しいと思う。小林聡美が主演したＷＯＷＯＷのドラマ「パンとスープとネコ日和」に出てきたサンドイッチはみな美味しそうだったが、特に玉子サンドを食べたいと思った。ゆで卵でなく、オムレツを挟んでいるようだった。小林聡美ともたいまさこが共演している映画やドラマはほとんど観ている。

八月二日(金)

濃き影をそれぞれが連れうたよみの数《す》百《ひゃく》つどえば言霊騒ぐ

NHK学園生涯学習フェスティバル武蔵野市短歌大会。小島ゆかり、花山多佳子、穂村弘のみなさんと一緒に入選作品の講評をする。あわせて職場で机を並べている松尾祥子さんと二人で当日詠の選歌もする。濃密な三時間。来場して下さった方が約三百五十名。客席の熱気がステージにも伝わってきて大量の汗をかく。十日くらい前から脇の下に塗る制汗剤を変えた。消臭と殺菌効果のある炭が入っている新商品。おかげで以前より汗臭くなくなっていると思うのだが……臭かったらゴメンナサイ。

八月三日㈯

デネブの光われにはとどかず老眼が妻より二倍速にて進む

近所の瀬田小学校で盆踊り。太鼓の音に誘われて出かける。おやじバンドの演奏を聞きつつ、とどのつまりは、生ビールを飲み、焼鳥・餃子・じゃがバター・焼きそばを食べた。以前住んでいた町で町内会の会計を一年間担当したことがある。ずっと忙しかったが、中でも盆踊りの前後は死にそうだった。町内には長老とか顔役とかご意見番というのが山ほどいて、「今年は例年と違う」と横槍を入れてくる。高すぎた焼きそばの価格を二〇〇円に値下げしたときは大騒動だった。攻撃の激しさに耐えかねて、自治会館の道具部屋に隠れていた。

八月四日（日）

いっこうに大きくならぬ苦瓜よ推敲しても駄目な歌ある

休み。とは言っても、朝の六時に起きてパソコンと歌集を開いている。以前はもっと早く、四時とか三時とかに起きていた。三時少し過ぎた時間に谷岡亜紀さんからメールが届いたこともあった。すぐに返信すると「お互いに何しているんだろう」とメールがまた来る。こんな時間に何かをしている歌人がいる、頑張らねばと思う。谷岡さんにはいつも励まされて来た。評論がうまく書けないときは「評論を書くのは孤独な作業だから、耐えるしかない」と言われた。歌の質が低いときは「死んだ気になって作れ」と叱られた。

八月五日（月）

借財のごとくに壺をのこしたる父の痴呆の十三年間

三井修さんの歌集『海泡石』には実家を訪ねては遺品を処分して行く歌がある。父が死んで私一人になったとき、もし私が死んだら、この家と家財をいったい誰が処分するのだろうと心配になった。それが家を売り、アパートに移ろうと決めた一番の理由。車が入って来られない路地にある築四十年の家は三〇〇万円に値下げして、やっと買い手が付いた。父が買い集めた壺や額には値段が付かず、不動産屋の手数料とか壺の処分費用を払ったら何も残らなかった。父が数十年間ローンを払い続けた家をゼロにしてしまった罪悪感だけが残った。

八月六日(火)

風に乗り飛ぶかとみれば白蝶は川を越さんと風に逆らう

出勤。お盆休みが入ったりするので、私の次の出勤日は十一日後になる。だから途中になっている諸々を仕上げてしまおうと仕事に打ち込む。学校が夏休みだから、行き帰りの電車が空いている。宮本輝の『青が散る』は何度読んだかわからないけど、読み返している。この年になって気恥ずかしいけど、ひたむきな青春小説には今も涙する。富島健夫の青春小説が好きだった。川上宗薫・宇能鴻一郎と合わせて官能小説御三家と括られてしまう富島だけど、性と正面から取り組んだ青春小説は綺麗ごとで終わらない凄みがあった。

八月七日(水)

上弦の月いでにけりひと月を
来ないでいると変わる渋谷に

桶川で「みなづき短歌会」。先月はNHK学園の新講座「令和に学ぶ万葉集　佐佐木幸綱ゼミナール」の動画撮影と重なったためにお休みをいただいたので、二か月ぶりの桶川になる。この会も四年目に入り、毎回、充実した歌会になるので楽しい。歌会の題は「休み」。「休みは題であって、歌会は休みません」と何度も告知したせいもあって、ほぼ全員参加。「休みだけど休みません」と言って、けっこうウケたので十二月は「忘年会」にする。「忘年会は題でありますが、実際に忘年会も実施します」と今から告知しておこう。

八月八日㈭

流れればすぐ塩になる今朝の汗駅へ五分の坂が待ってる

わが家から歩いて十分ほどの距離にある世田谷区の施設・玉川台区民センターで落語会。出演は遊興亭福し満、ゆうきょうていふくしま、と読む。落語協会とか落語芸術協会とかに所属している噺家ではない。とは言ってもアマチュアのレベルではない。今日のネタの「化物使い」と「死神」は納涼落語会に相応しい。「死神」といえば柳家小三治をまず思うわけだが、近頃は大きなホールにしか出なくなっているので小三治を聞く機会がなくなった。毎年夏に池袋演芸場でトリをとっていたころは夢中で通ったのだが。

八月九日㈮

携帯用扇風機なる風をもて
吾を冷やしつつ教室へ来つ

青山へ。夏休みとは言え、登校する女子高生が電車の中には居て話が聞こえてくる。「近未来って言うでしょ」「えっ、金目鯛」……しばしば聞き違いを自分でもやってしまうのだが、これは相当な飛躍があり、傑作の部類に入る出来。かつて私がやってしまったのは「汚職事件」と言われて「お食事券」を思ってしまったこと。「おしょくじけん」と音が同じなので、聞き違いと言うよりも勘違いなのかも知れないが。小学校の通信簿には「人の話をよく聞かない、早呑込みする」と書かれていた。

八月十日㈯

稲妻の走りやまざる東京の福島泰樹の震える情よ

吉祥寺へ。武蔵野市立吉祥寺美術館で「小畠廣志　木に呼ばれる」を見る。先日の武蔵野市短歌大会でお会いした武蔵野文化事業団の方にすすめられた。木に呼ばれ、木と融合しながらも、木から独立しようとする意志を感じる木彫だった。夜は、福島泰樹絶叫コンサートを曼荼羅で。「絶叫」は初体験。いつか聞きたいと思っていたのだが、今回は「心の花」武蔵野歌会の七人のメンバーと一緒だから、やっと踏ん切りがついたという感じ。ライブに興奮。音楽と短歌の融合が楽しく、身体にビンビン響いてくる。

八月十一日(日)

爪を切り爪をとばして日曜の朝の平和に退屈をせり

十日から十四日までが勤務先の夏休み。どこへ行っても混んでいるので、自宅で「まとめて映画」、そして「まとめて原稿」。最後は「まとめてビール」。今日の映画は懐かしいところで、根岸吉太郎監督の「探偵物語」。薬師丸ひろ子と松田優作が出ている。最近、根岸監督作品を観ないが、どうしているのだろう。薬師丸ひろ子は去年公開された「コーヒーが冷めないうちに」で認知症の女性を演じていた。時代は移る。暑さのせいで長ネギが高い。ちょっと安いのを見つけたので、まとめて三本を小口に切り、小分けにして冷凍庫に入れる。

八月十二日(月)

はこばれる人のいくたり今宵
おり救急車のおと遠く近くに

山の日の振替休日。なにぶん遠出やアウトドアが苦手なので山登りはしたことがない。私の周囲にいる元気な高齢の方を見ると、若いときは山登りが好きだったという方が多いように思う。いまから山登りしても手遅れと思うので、遠くから丹沢や秩父の山並を眺めるに留めておこう。こんなふうに山のことを考えていたら新田次郎の小説が読みたくなった。新潮文庫の『強力伝・孤島』から数編を読む。

八月十三日㈫

つぽくぽく晴れて、つぽくぽく雨降りぬ。この夏をヒットしている新海誠

短歌研究ムック『平成じぶん歌』を読む。八十九人の歌人が平成の三十一年間を振り返りながら三十一首を詠んだ。生まれ年が早い順に並んでいて、一番は岡野弘彦さん、次いで春日真木子さん、尾崎左永子さん。逆に一番若い大森静佳さんと藪内亮輔さんは平成元年生まれ。五十一人目に私がいる。五十八歳の私が八十九人中五十一人目。「まだまだ若いですよ」と短歌の集まりでは言われるが、なるほど平均より少し下だ。今朝のゆで卵が完璧なまでに美しく剝けたので、記念写真を撮ろうとしていたら、手足が生えて逃げてしまった。

八月十四日(水)

うなされてみずから起きるあさ まだき蟻に首から下を食われき

いったいどれくらいになるだろう? ひと月か、ふた月か、ずっと脳の中で鳴り続いている音楽がある。椎名林檎と宮本浩次の「獣ゆく細道」だ。こういうことって昔からよくあって、谷村新司だったり中島みゆきだったりサザンオールスターズだったりするわけ。で、歌えるかというと歌えなくて、全部の歌詞を知っているわけではないし、ただ曲の一節が壊れたレコードのように繰り返し繰り返し鳴っている。無性にフライドチキンにむしゃぶりつきたくなったので、ケンタッキーへ行く。

八月十五日（木）

いちめんに咲くひまわりをいつの日か見ようと言いて映画館出づ

夏休みも今日で終わり。映画をたくさん観て、本を数冊読んで、原稿を書いて、ビールを仰山飲む予定だったが、どれもこれも不十分に終わる。子どもの頃から夏休みの予定が順調に実行されたことがないので、大人になっても同じことをしている。ラウル・ペック監督の「マルクス・エンゲルス」を観る。マルクスもエンゲルスも真面目一辺倒な堅物と思っていたが違った。そして二人とも二十代であり、それまでの哲学者は世界を解釈することしかしなかったが、二人は世界を改革しようとした。私は自分を改革しようとせずに生きて来た。

八月十六日㈮

標本のごとくに眠るひとの　あり終点に来てなおも標本

久しぶりの出勤。座ると絶対に寝過ごしてしまうくらい眠い。が、幸いなことに混んでいて座れない。これは好機と文庫を開く。浅田次郎の『帰郷』を読む。南方で名誉の戦死を遂げたはずの男が生きて帰ってきた。が、郷里に待っていたものは過酷な現実だった。昼は助六寿司。いなり寿司とのり巻きのセットをなぜ助六と呼ぶのか不思議。しかし、広辞苑を引けばあっさり出ている。油揚げの「揚」とのり巻きの「巻」で「揚巻」。歌舞伎の「助六」に登場する遊女の名前である。

八月十七日㈯

かなかなの声を聞きつつエアコンの故障に去年《こぞ》は耐えしか耐えき

プリンターのインクほど無くなるのが早いものはない。しかも高い。いやになっちゃう。買いに行くのも面倒なので、朝寝して昼寝して夕寝をする。目覚めて、セブン-イレブンで買った「ゆず香る豆とひじきのサラダ」を生ハムで巻いて食べ、缶入りのジントニックを飲む。豆は好きだ。煮豆も納豆もよく食べる。子どものころから好きだったので、「マメな大人になるよ」と言われた。確かに「マメな大人」になった気もするが、「マメ」は漢字で「忠実」と書く。「忠実」と書かれると、私とは少々かけ離れてしまう。

八月十八日㈰

わが父の帰還記念日八月の十八日に雷《らい》ひとつ鳴る

「心の花」編集のために佐佐木幸綱先生のお宅へ。歩いて十分の距離。三年前に越して来るまでは上尾市に住んでいたから片道二時間かかった。いま一番遠いのは誰だろう？　茅ヶ崎の谷岡亜紀さん？　深谷の奥田亡羊さん？　柏の田中拓也さんか？　作業はほとんどが手作業。原稿を掲載順に並べ、右肩に穴をあけて凧糸で括る。歌数を数え、ページ数を計算する。創刊して百二十二年を迎えるが、この作業は変わっていないのではないか。延々と続けられて来た作業も、遠からぬ将来、パソコンを使った作業に変わってゆくのだろう。

八月十九日（月）

敗戦の一年のちに鳶の啼く
声をたのしと茂吉は詠みし

藤沢へ。三時に教室が終わって、それから江の島に海を見に行く。ビールを飲みながら日の沈むのを待つ。ただ、江の島のトンビはいたずら好きなので困る。海岸でホットドッグを食べていると危険。すっと近づいて来て、すっと銜えて行く。ひどい奴は食べ物が入ったレジ袋を銜えて行って、そのまま海に落とす。最初から食べる気がないくせに、そういういたずらをする。つまみに買ってきた野菜スティックやポテトチップスが入った袋が波に漂うのを見ながらビールを飲む羽目になる。

八月二十日（火）

焼酎のロックの氷からから
と夜更けて誰の着信のおと

出勤。昼は、「未来」の黒木三千代さん、「塔」の山内頌子さんと一緒に学食で日替わり定食。三人が揃うのは久しぶりなので短歌の話で盛り上がる。職場で短歌の話ができる人って、そう居ないと思う。とても恵まれた環境。電車の中ではポール・オースターの『幻影の書』を柴田元幸訳で読み始める。妻が言うには「オースターの中では一番」とのこと。忽然と姿を消した謎の無声映画俳優、その設定にまずは魅かれる。さあ、どんな結末が待っているのだろう。オースターはときどき空振りしてくれるので、ちょっと心配なのだが。

八月二十一日(水)

生きて鳴く蟬の背中を今年見ず声のみを聞き腹のみを見て

みなとみらいで「短歌ハッピーアワー」。坂井修一さんの『古酒騒乱』と花山多佳子さんの『鳥影』を秀歌鑑賞で読む。ともに第十一歌集。円熟の一冊である。教室が終わった後は立喰い寿司。ひところ味が落ちていたので敬遠していたのだが、回復したと聞いて再び立ち寄る。ちょっと飲んで、ちょっと食べるのが乙。乙という字は、これで良いのかと辞書を調べたところ、「乙にからむ」という慣用句が出ている。夏目漱石が『吾輩は猫である』で「……と鼻子は乙にからまつて来る」と使っている。

八月二十二日(木)

ふた月ののちは太っちょ夏芝をつついて食の細きすずめも

「新潮文庫の100冊」の小冊子を見ると、読んだことがある本が三十七冊ある。「三十七冊も」というべきか「三十七冊しか」と書くべきか決めかねてしまったので、とりあえず「三十七冊ある」と助詞を省いた。つまり三七パーセントを読んでいるわけだが、高校のときには九〇パーセントは読んでいたと思う。新潮社が決める百冊にどんどん最近のモノが加わり、こちらが最近のモノに追いつかなくなった。それを人は加齢、あるいは老化と呼ぶのかどうかは知らないけれど、寂しい気分。梨木香歩の『西の魔女が死んだ』を読む。

八月二十三日㈮

八月もオナカシロコの腹は白
ひとに甘えることを知りたり

青山で「短歌　歌うよろこび」。グランルームという百人以上は入りそうな超広くて、超豪華な部屋を使わせてもらっているのだが、受講者は十人。空間がやたら目立つ。でも、十人くらいだと一首をかなり丁寧に解説できるので、ぜんぜん悪くない。今日も侃々諤々の意見を聞きながら歌会をやる。思いもかけぬ読みに出会えるから、歌会は好きだ。ピーマンを無性に食べたくなることがある。細く切って、ピーマンだけを炒め、しょうゆと砂糖で甘辛く味付けをする。母が作る弁当には必ずといっていいくらいに入っていた。

八月二十四日(土)

書きなずむ今宵ひととき液晶の
トランプ遊びに逃避しており

クリント・イーストウッドが監督をつとめた「ジャージー・ボーイズ」を観る。ニュージャージーの最も貧しい地区から抜け出すには、軍人になるか、ギャングになるか、スターになるかしか方法がない。美声をもつ彼ら四人が選んだのはスターになること。希望は叶い、またたくまにスターダムに伸し上がるものの……。ゴーヤ、茄子、トマトをのせた冷やしうどんを作る。夏バテせずに過ごしていられるのは、夏野菜をしっかり食べて、甘酒を飲んでいるからだと思う。甘酒は夏の季語だから、もともとは夏の飲み物。夏に効果を発揮するのだ。

八月二十五日(日)

人を疑うことを知らない主人公を脇役とともにわれも憎みつ

世田谷の桜新町にある桜神宮で遊興亭福し満の独演会。桜神宮はもともと神田にあったが、大正八年に「西の方角にただちに移転せよ」とご神託があって、当地に移転して来た。そのおかげで、関東大震災の被害にあわずに済んだということで「災難よけ」のご利益がある。ネタは「菊江の仏壇」と「船徳」の二席。どちらの噺にも放蕩息子が出てくる。「菊江の仏壇」は桂米朝が、「船徳」は古今亭志ん朝が得意としていた。神社で放蕩息子の噺というのも悪くないが、放蕩は神のご利益じゃ治りそうにない。

八月二十六日(月)

GOGOと歌うひろみに憧れし十四歳《じゅうし》の夏に事務所訪ねき

図書館に本を借りに行く。我が家からは近いが、駅からは少し離れていて、不便だろうなと思う。私の知る範囲では、浦和駅前のパルコ、桶川のマイン、藤沢駅の小田急百貨店に市の大きな図書館が入っている。おまけに浦和と桶川は同じ建物に大型書店がある。さらに桶川に至っては図書館と書店が同じフロアにあって、しかも手ごろなカフェもある。まるで天国が三軒並んだ感じ。私が死ぬまで、日本の活字文化は大丈夫であってくれるかも知れない。

八月二十七日㈫

歯磨きをしつつ吐き気の兆せるを
今朝はたのしむ　自虐する今朝

出勤。となりの席の中川佐和子さんと歌集に著者の住所を入れるべきか、という話になった。奥付に住所が載っていると、お礼の手紙を書くときに、とても便利。だが、個人情報を守ることを考えれば載せない方が良いし、迷うところ。なので結局、結論は出ない。ちなみに私の二冊の歌集の奥付には住所が載っているが、一冊目と二冊目では住所が違う。そして、二冊目の住所と今の住所も違う。ときどき歌集の住所を見て、お手紙をくださる方がいるようだが、届かない。さて三冊目に住所を入れるべきか？　完成の秋が近づいて来た。

八月二十八日（水）

それなりにうごくパソコン「そろそろ」と妻にも吾にも日々言われつつ

大宮で「すずめの子短歌会」。三か月の船旅を終えた人が復帰して、いっそう賑やかな会になる。「船旅だけに、いっそう」などというダジャレが本当は好きなのだが、自分で自分に禁じている。以前、ぶどう酒の講習会に参加したことがあって、食事を楽しくするための飲みかたなどを学んだのだが、「ぶどうだけに甲州会、なんちゃって」と言ったところ、講師に「美味しい食事には、おしゃれな会話も欠かせません」と太い釘をさされてしまった。以来、ダジャレを慎むことにしている。

八月二十九日(木)

尻ポケットをはみ出てしまうハンカチのようになりたり 席を外さん

出勤。歌集の準備をすすめていて思い出した。第二歌集の中に〈みぞれふる菊坂われに肉親と呼べるひとりもなくみぞれふる〉という歌がある。ある人に「肉親が一人もなくなってしまうことなんてあるんですか?」と訊かれた。あるのです。父が死んだ時点で親も子供も兄弟も祖父も祖母も伯父も伯母もいなかった。父の死後、ホームヘルパーの訪問介護実習で本郷の町を歩いた。みぞれに濡れて、寒くて仕方がなかった。「俺は一人っきりだ」と心底思った。ポール・オースターの『幻影の書』の主人公も飛行機事故で一度に肉親を失った。

八月三十日㈮

台風のたび裏返る群青のビー
チサンダル、ベランダに濡る

焼きそばパンを食べる夢をみた。食べ終えるまで目が覚めなかった。しかも二本も食べた。片桐健滋監督の「ルームロンダリング」を観る。自殺・他殺が出た賃貸の部屋は事故物件と呼ばれる。新たな借り手を見つけるために部屋を浄化する。それがルームロンダリング。主人公を演じる池田エライザは事故物件を浄化するために部屋に住み込む。浄化が彼女の仕事である。そして成仏できない死者と出会い、いろいろ話をする。不動産業を営む叔父さんの役はオダギリジョー、なかなか重厚だった。

八月三十一日㈯

惜しみつつバターを使いたる夏
もひとまず終わり　虫の音《ね》の夜

休み。二子玉川には夏が来るたびにビアガーデンが出来る。造りは毎年変わる。芝が敷かれて牧場のようだったり、水が張られて湖畔のようだったりする。湖畔のときはハンモック席があって、実に気持ちよかった。今年はロックガーデン。西部劇に出て来るような岩場をイメージしているらしいが、たぶん行かないだろう。岩場には悪い思い出しか残っていない。転んで額を切ったり、落ちて額を切ったり、岩場に行くたびに額を縫っていた。スーパーで買って来た岩石みたいな鶏のから揚げを甘酢にからめて食べる。ビールがすすむこと。

クガツ

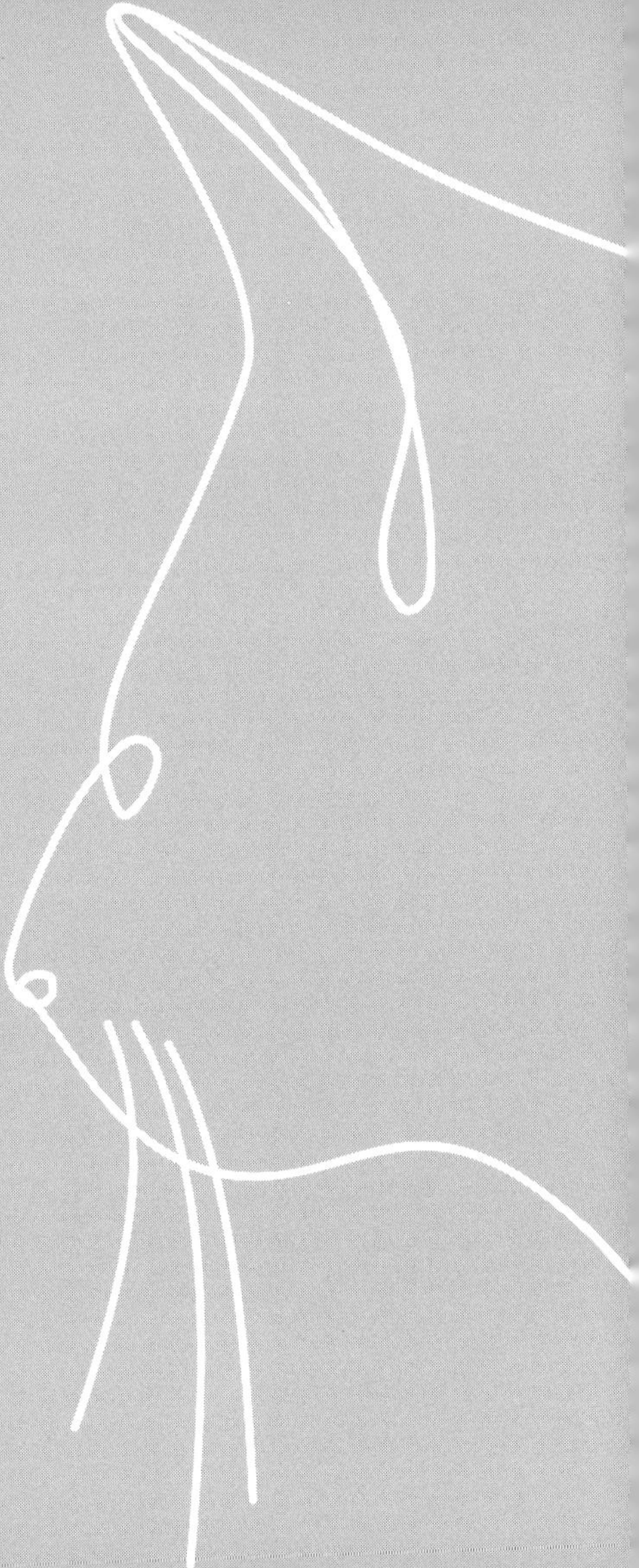

九月一日(日)

越えるべき山を指さす気力なし帰宅難民のイメトレにさえ

わが家では毎年、この日に防災グッズを点検する。乾パンやペットボトルの水の消費期限が過ぎていないか調べる。防災グッズの入ったリュックを枕許に置いて父と母は寝ていた。ついでに靴も置いていた。そうしないと安心して眠れないようだった。父も母も晩年は寝たきりになったが、それでもリュックと靴を枕許に置かせた。リュックを背負った母を父が背負い、その父を私が背負って逃げるというのか？　亀の親子のような避難を経験する前に、二人は死んだ。津村記久子の『とにかくうちに帰ります』を読む。これも避難の物語。

九月二日(月)

風邪ひけば実物大に戻るわれ
夏の終わりに夏風邪をひく

映画館に行って「劇場版おっさんずラブ　LOVE or DEAD」を観る。吉田鋼太郎はいいなあとつくづく思う。シェイクスピアや蜷川幸雄の芝居の俳優という印象が強かったが、「半沢直樹」や「花子とアン」に出て大ブレイクした。私が存在を強く意識したのは二〇一七年制作、成島出監督の「ちょっと今から仕事やめてくる」を観てから。ブラック企業の営業部の部長役で、とことん憎らしかった。津村記久子の小説には、ちょっと憎らしい人は出て来るけど、とことん憎らしい奴は出て来ない。だから津村記久子の小説が好きなのだろう。

九月三日(火)

ぷっしゅぷしゅ今夜もプルタブを引くわれか、秋には秋の喉ごしの欲し

出勤。暑さが戻ってきたのでリポビタンDを飲む。今年の夏は十本くらい飲んだ。「もうダメ」というときにだけ飲むようにしている。普段から飲んでいると、いざというときに効き目が薄いような気がする。気がするだけで確信はない。玉子かけご飯をときどき食べる。リポビタンDほどではないが、元気が出る。しょうゆの他に、めんつゆを少し入れる。味に深まりが出る。しらすとか、青のりとか、白ごまとか、甘辛く煮た生姜をトッピングしても良い。玉子かけご飯とて追求すれば奥が深い。キリンの「秋味」が「うまい」。秋が来ている。

九月四日(水)

はつ秋のポプラの影にわが影を
仕舞いてバスの影を待つなり

桶川へ。桶川は本木雅弘の出身地として有名だが、三遊亭遊馬を忘れてはいけない。笑点に出ている三遊亭小遊三師匠一門で、駒澤大学仏教学部禅学科を出ている。とにかく声が大きく、迫力がある。大ホールだって、マイクは要らないだろう。私も声は大きいのだが滑舌が悪いので「?」と聞き返されることが多い。中学のとき、「かわいい男の子が欲しい」と請われて演劇クラブに入った。「あえいうえおあお、かけきくけこかこ」と発声練習をさせられたが、シンデレラのお父さんとか、盗賊に殺される役とか端役しか廻って来なかった。

九月五日（木）

髭剃りをするを忘れし今日の
顔に秋の新作着て試しおり

出勤。安部公房の『人間そっくり』を読む。「こんにちは火星人」というラジオ番組の脚本を書いている男の家に火星人と称する男がやってきた……というストーリー。安部公房の文章が懐かしく、夢中になる。書店に行って、新潮文庫の棚に、鼠色した安部公房の背表紙が並んでいると、日本の活字文化もまだまだイケテルと思う。コンビニの中華まんが始まった。しかし今日もリポビタンDを飲む。

九月六日（金）

広島の優勝はもうなくなりぬ
小分けにされて雲の浮く秋

出勤。行き帰りは、堀江敏幸の『いつか王子駅で』を読む。ちょっと乾き気味のウエットティッシュみたいな堀江の文章が好きだ。帰宅して、妻に本の話をすると、映画「白雪姫」の挿入歌が「いつか王子様が」だったという。そこから来たのかと納得する。通勤をするようになったのは一年半前から。電車で片道三十分の時間が増えただけで、小説を読む機会がずいぶん増えた。鞄を少しでも軽くするために文庫を選ぶ、すると大概は小説に手が伸びる。歌集はなんであんなに重いのだろう。

九月七日（土）

ちょっとした風にも靡く秋の
草　祖父母は肺を病みて死ににき

三木孝浩監督の「ソラニン」を観る。ロックバンドのボーカルだった恋人を交通事故で失った宮﨑あおい演じる井上芽衣子は、失意の日々を過ごしていたが、彼に代わって彼が残した曲を歌おうと決心する。いかにも作りものとわかり、単純すぎるかも知れないが、立ち直ろうとして何かを成し遂げようとする映画は好きだ。現実は、そう簡単に立ち直れたり、何かを成し遂げられるものじゃないから、作られた世界にあっては立ち直って欲しいと願う。父親役で財津和夫が出ていた。

九月八日(日)

ドーナツはどこから見てもドーナツと思う心を捨ててから 歌

安部公房の『人間そっくり』に「ドーナツは、裏から見たって、やはりドーナツでしょう。」というセリフがある。背伸びしてるなと感じる時に、このセリフを思い出しては、自分で自分を軽く叱る。自分は自分であり、いくらカッコつけたって、自分以外のものには見えないんだ、だったら自分のままで良いじゃないかと思うのだ。ところが最近、ドーナツの裏はドーナツでないものを食べた。正確には、ロールケーキの裏がドーナツ。ミスタードーナツが夏限定で販売していた「堂島ローナツ」。生きているといろいろ経験できる。

九月九日（月）

ふけてゆく秋をうるうる甘く
なる柿にふる雨そして吹く風

津村記久子の『ミュージック・ブレス・ユー!!』を読む。この作品と、芥川賞を受賞した『ポトスライムの舟』によって津村さんは作家として一本立ちしたし、私の中でも作家津村記久子が不動の地位を占めるようになった。秋になると空気が乾くせいか、目も乾く。やたら目薬をさしている。一日何回と説明書に書いてあるが、守っていない。それは果たして、いいことなのか、わるいことなのか、知らないままに、目薬をさす。ただ、私は下手なので、さした目薬のほとんどが目の外に流れてしまう。気休めに目薬をさしているようでもある。

九月十日（火）

木造の校舎に始業の鐘を聞くような旅せん湖畔へ行かん

明日から一泊二日で日光へ行く。中禅寺湖のほとり、と言うか中禅寺湖の湖上にあるような宿、湖上苑に泊まる。ここは私の教室に通って来てくださる方のご実家。教室が終わったあとのお茶会で話を聞き、写真を見せてもらったら、断然行きたくなった。世界一小さな露天風呂があるそうだ。日光は小学校六年の修学旅行で行って以来だから四十七年ぶり。そのころ私は鼻血をよく出していたので、蒲団を汚さないようにとマイ枕カバーを母に持たされた。だから日光と聞くと、鼻血と枕カバーを思い出す。

九月十一日(水)

音に聞く宇都宮なり餃子なり
乗り換え時間は五分なれども

日光へ行く。渋谷から湘南新宿ラインで行く。旅行なので、奮発してグリーン車に乗る。グリーン車に乗るのは、これが二回目。一回目は、ずっと昔のこと、短歌研究評論賞の授賞式のあと、いただいた花束を潰さないようにするためにグリーン車を選んだ。あのとき、ホームで送ってくれた奥田亡羊さんと矢部雅之さんが、発車間際に万歳をしてくれた。嬉しいことではあるが、車内に一人居る身としては、かなり恥ずかしい。花束を二つ抱えた四十代後半の男が万歳で見送られる……知らない人は何と見ただろう。

九月十二日㈭

岩波の徳冨蘆花より賜りし
眠りに過ぎていたり埼玉

日光から帰る。中禅寺湖と華厳滝、見るところを絞って、ゆったりした旅だった。なんと言っても、旅館の料理と湯と景観、この三つに満足できれば、いい旅だと言える。観光名所を慌ただしく回る旅は好きじゃない。旅行中に短歌を十首くらい作りたかったが、一首も出来なかった。写真も二、三枚しか撮らなかった。頭も手も使わず、ただボンヤリ過ごしていた。夜遅くに帰宅して、すぐにパソコンのメールのチェック。明日でも良いと思うのだが、習慣は直しにくい。せっかくゆったり旅して来たのに、何しているんだか。

九月十三日㈮

対岸のアマゾンの倉庫に窓見えず窓の見えねば働くひと見えず

十三日の金曜日。納豆のタレが飛び散らないようにとか、富士額を富士舞台と言い間違えないようにとか、細心の注意をはらう。が、教室でまたもや、受講者の名前を間違えてしまう。私自身もときどき藤原さんと呼ばれることがあるが、知っている藤原さんはステキな方ばかりなので、藤原さんと呼ばれると何だか嬉しい。藤原審爾という作家がいた。『秋津温泉』や『泥だらけの純情』が有名。ハードボイルドや恋愛小説、時代ものまで幅広く書いた。まことにうまい作家だった。

九月十四日㈯

晩年のやたらと長き父なりき
息子が傍にいると知らずに

午後六時から中野サンプラザで「心の花」東京歌会。題は「土」。土屋文明を読み込んで歌を作ってやろうと意気込んでいたが、出来なかった。ずいぶん昔だが、文明を使って一首作ったことはあった。〈アララギの写真　茂吉と文明の間のひとは「一人とばして」〉というもの。ずいぶんゴツゴツした歌を作っていたんだなあと自分で自分に驚く。渋谷の街に新しいビルが次々に出来ているが、私は渋谷ストリームが好きだ。ブティックとか雑貨店とかは一切なくて、飲食店だけが並んでいる。その単純さが嬉しい。

九月十五日（日）

信号の赤を渡らず遅刻して
土瓶のように席に着きたり

「心の花」十一月号の編集、佐佐木幸綱先生のお宅に伺う。昨日は東京歌会だったので二日続けて会う方がいる。「昨夜は、どうも」と言いつつ席につく。説明が難しいので詳細は省略するが、私はずっと「憲」という文字を間違って書いていた。「秀憲」の「憲」、つまり自分の名前である。「心の花」に入会するまで四十年間、間違いに気が付いていなかった。その間違いを指摘してくださったのが校正チーフの斎藤佐知子さん。「心の花」に入会したおかげで、自分の名前が正しく書けるようになった。

九月十六日(月)

ひた走る電車の窓をいなびかり斜めに走る夏過ぎんとす

藤沢で「短歌実作講座」。帰宅してから先日いただいた穂紫蘇を佃煮にする。冷蔵庫に入れておくと便利。ごはんや豆腐に乗せたり、うどんや蕎麦の薬味に使える。むかし住んでいた家の庭には青紫蘇が蔓延っていた。食べても食べても食べ尽きることがない。収穫するのは父の役目と決まっていて、足がだいぶ弱ってからも庭に下りていた。そして、転んだ。以後、いく度となく立てない父を起すことをしたが、転んでも紫蘇を手離さない父を引き上げたときは、土管のように重かった。

九月十七日㈫

パン係牛乳係の体験は妻にもありてすすむ葡萄酒

朝に出勤。夕べに帰宅。いただいた梨を食べ続けている。数ある果物のなかでは梨が一番好きだ。今日は一口大に切ってヨーグルトを乗せて食べる。ところで、この夏に大流行のタピオカ。あれは食べるものなのか、飲むものなのか。タピオカドリンクのタピオカはストローで吸うが、微妙に噛んでから飲み込む。だから飲むようでいて、食べている感じがする。そう言えば、牛乳は噛むように飲めと言う。ガブガブ飲むとお腹をこわすから、ゆっくり飲めと言うことらしい。二子玉川にまた一軒タピオカドリンクの店が開店した。

九月十八日（水）

生活に欠かせぬことの一つなり行善寺坂をくだればのぼる

みなとみらいで「短歌ハッピーアワー」。私は魔法使いである。ただし、魔法使い協会の会費を三年間滞納しているので、今は魔法が使えない……という夢を先日見た。映画「男はつらいよ」のオープニングは夢の話が多い。寅さんが悪役をやっつけるヒーローで、女性にモテモテという夢がほとんど。ところが目が覚めると、そこは障子が破れた安宿。寅さんは一つクシャミをしたあとに「わびしいなあ」と呟く。さて、魔法使いの夢から覚めた私がいたのは各駅停車の東横線の中。乗り換えの自由が丘が近づいていた。

九月十九日（木）

おどろけば蟬は短く飛ぶものを秋のひかりにまた腹を見す

十月にさいたま市の公民館で行われる短歌入門講座のレジメを作る。入門の講座ではいつも使わせていただいている俵万智さんの歌を、また今回も引用する。短歌の構造を理解してもらうのに一番いいのが『サラダ記念日』なのだ。それに「あっ、この歌、聞いたことあります」と言ってもらえれば、居眠りしている人も目が覚める。居眠りも、おしゃべりも、メールの受信発信も、私は許容している。心が広いのではなくて、夢中になれない講義をしている自分に情けなくなるからだ。

九月二十日㈮

秋雨にすこし濡れつつ吾木香
われより先に墓に来ている

午後六時から講談社で短歌研究三賞の授賞式。大学のゼミは森川英正教授の「日本経営史」だった。財閥史や同族企業史が主な研究テーマで、私は出版社の歴史を卒論のテーマに選んだ。講談社、中央公論社、新潮社、主婦の友社など、出版社の多くが創業者の一族による同族経営だった。なかでも講談社の歴史は凄まじかった。二十九歳で二代目社長が死ぬと、その母が三代目社長を引き継ぎ、二代目社長の妻だった人が四代目社長になる婿養子を迎えて再婚したりして、必死で会社を守っていた。

九月二十一日(土)

塀のうえに七鉢ありし君子蘭
あらしの去りてひと鉢増えぬ

月見うどんを食べながら思った。目玉焼きを月見焼きと名づけなかったのは何故か？　日本人の感覚からすれば、月見焼きになったはずなのに……解せない。想像し得るかぎりでは、目玉焼きの名付け親が玉子を二個使ったので、月ではなくて目玉に見えてしまったのだろう。母は女の子が生まれてくるものと信じていた。だから穂寿美という名を用意していた。ところが男の子が生まれた。正直、がっかりした。せめて名前だけは穂寿美にしたかった。でも、祖父や父の猛反対があって希望は叶わず、秀憲になった。

九月二十二日(日)

肩こりに今でも効けり「肩すとん体操」なるは祖父の直伝

秋になるとしゃぶしゃぶを思い出す。第一歌集『二丁目通信』を出したとき、「心の花」の編集仲間にご馳走になった。「藤島君はしゃぶしゃぶを食べたことがないだろうから」と誰かが言って、二子玉川の柳小路にある店に入った。五、六人、居たと思う。囲んだテーブルの上に運ばれて来た皿を見て、しゃぶしゃぶ未体験の私にも、それが豚肉であると一目でわかった。だが、みんなで「これが、しゃぶしゃぶだ」と言いながら食べる豚しゃぶは美味かった。

九月二十三日(月)

みずうみの船着き場にはコンビニのありて午後四時店を仕舞えり

二子玉川の蔦屋家電は文庫が作家別に、五十音順に並べられている。今月は「た」行の作家を読んでいて、先日「て」に至った。そして一冊も読んだことがない天童荒太に行きつき、『ムーンナイト・ダイバー』を選んだ。東日本大震災の被害に遭った地で、深夜の海に潜る男。津波が攫っていった品々を捜し出すのが目的だ。私は一昨年の秋、義母の生まれ故郷・気仙沼を訪ねた。傷跡がまだまだ多く残されていた。復興の工事がいたるところで行われていた。テレビからは衆議院解散をめぐるニュースが流れて来た。

九月二十四日㈫

くっすんくっすんくしゃみ止まらぬ
秋日和よくぞ日本にぶたくさ来たり

出勤。今週末に町田康の講演会があるので『夫婦茶碗』を持って出る。あきれた男の物語ということになっているが、私は左程あきれない。三十年くらい前になるか。仕事がなく、金もなく、人に関わりたくなかった私は、小説家を志した。純文学からミステリーまでを書きまくり、いくつかの新人賞に応募して、みんな落ちた。書きながら、この程度のものを書いていたんじゃ小説家にはなれないと感じていた。だから、落ちてもそんなにがっかりしなかった。書きまくった日々は、決して良い思い出ではないが、そんなに悪い思い出でもない。

九月二十五日㈬

ベランダの手すりにすずめ一羽
来て首かしげおり業者のごとく

大宮へ。電子辞書を入れると鞄が重くなるのだが入れないわけにはいかない。とは言っても、電池が切れていては役にも立たない。昔、税理士の試験を受けに行ったとき、試験中に電卓が壊れてしまった人がいた。「保証書はあるのです」と試験監督に訴えていたが、どうにもならない。電卓が使えなければお手上げ。一年間の苦労が無になる。だから翌年から、電卓を二台持って行き、役立たないとわかった保証書は持って行かないことにした。私が最後に受験したのは消費税が導入された平成元年。三%だった消費税が間もなく一〇%になる。

九月二十六日㈭

交番の前を過ぎても列は延ぶ
タクシーまつ人みな傘をさす

「今まで観た映画の中でナンバー1」と知人に教えられたウディ・アレン監督の「マッチポイント」を観る。美しい映像と迫力ある音楽、スリリングな展開。マッチポイントはテニスから来る。打ち返したボールがネットに当り跳ねあがったとき、相手方のコートに落ちれば勝ち、自分のコートに落ちれば負け、どちらに落ちるかは運次第。主人公は元テニスプレーヤー。富豪の娘に見初められビジネス界に転身。成功を収めるが、保身のために犯罪を犯す。そこからが人生のマッチポイント。ネット上で跳ねるボールはどちらに落ちるのだろう。

九月二十七日（金）

日本の秋はさみしきものなりと
身をもて母はあらわし死にき

言わなければ気が済まない、ということが最近は少なくなった。以前は、言いたいことは我慢できず言ってしまっていた。問題が複雑になると思っても、言わなくては気が済まなかった。でも最近は、言ってしまったがゆえに誤解が生じたり、混乱が起こると予測されるときには、言わなくなった。人間が出来たとか性格が穏やかになった、ということではない。小賢しくなって、保身を考えるようになっただけのことだ。あまりにも美味しそうなので、生わかめを買ってくる。さっとバターで炒め、しょうゆを垂らす。白ワインに合う。

九月二十八日㈯

嫉妬するちからは残るわがからだ還暦までの一年耐えよ

ウディ・アレン監督の「教授のおかしな妄想殺人」を観る。問題行動の多い哲学教授をホアキン・フェニックスが、教授に惹かれていく女子大生をエマ・ストーンが演じる。邦題で「妄想殺人」とネタバレさせてしまっているのが面白くない。原題は「Irrational Man」、直訳すれば「理性のない男」、ちょっと映画のタイトルっぽくするなら「はちゃめちゃ教授」といったところか。ベランダに積もりはじめた枯葉をかき集めると、ダンゴ虫が出て来た。丸くなって不安がっているので、土に戻してあげた。

九月二十九日(日)

虫の音が萩の花から聞こえおり二時間すれば雨になる坂

ウディ・アレン監督の「タロットカード殺人事件」を観る。主演は「マッチポイント」にも出ていたスカーレット・ヨハンソン。ジャーナリストを目指す学生の役。ウディ・アレンが演じるマジシャンとともに事件解決のために名を変え容疑者に接近する。結末が最高、どんでん返しと大笑いが待っている。角川「短歌」の巻頭リレーエッセイ「歌会てんやわんや」を書く。「てんやわんや」とは懐かしい言葉だなあと思う。「どう、最近、忙しい」と訊かれて「てんやわんやだよ」と答える人がいたとしたら、歴史的価値がある。

九月三十日(月)

とんとんとすずめの走る秋の街通りがかりに古書市がたつ

立て続けにウディ・アレンの映画を観、立て続けに津村記久子の小説を読む週末だった。読みかけの『これからお祈りにいきます』を持って出る。『とにかくうちに帰ります』とか『この世にたやすい仕事はない』とか、津村の小説のタイトルは覚えにくい。「とにかくおうちに帰りたい」と間違って覚えていたりする。二子玉川駅から家までは六つ以上のコースがある。玉川通りコース、行善寺坂コース、オナカシロコがいる公園コース、駐輪場の脇を通るコースなど。どこを通るかは天気と時間と季節と気分によって選ぶ。

ジュウガツ

十月一日(火)

ひりひりと雄しべ雌しべを痛めつつ彼岸花ゆれる秋風のなか

出勤。電車が混んでいて、本も読めず、窓の外の景色も見られない。仕方がないので、目をつぶって妄想する。掃除ロボットのルンバにヘルスメーターが付いていたら場所を取らなくてイイと思う。しかも、掃除中のルンバに乗って部屋の中を移動しながら体重を測れたら、ヘルスメーターに乗ることが苦でなくなりそうだ。ヘルスメーターとルンバだから、「ヘルンバ」と名付けて。売れそうな予感がする。と、こんなことを次々と考えながら「妄想電車」に揺られて行く。夜が冷えてくると、風呂吹き大根を食べたくなる。

十月二日㈬

ひとりひとり人の出でゆき閉店の
近づくカフェにペンを落とし ぬ

坂井修一さんの新しい歌集『古酒騒乱』に〈きんつばは金の鍔なり鍔に指かけてひと待つ人斬り以蔵〉という歌があったので、久々に司馬遼太郎の『人斬り以蔵』を読む。以蔵は岡田以蔵、土佐藩の足軽出身。幕末、土佐勤王党の武市半平太に見出されて、言われるがままに人を斬りまくった。読むたびに、司馬遼太郎の書く日本語は、なんて美しいのかと思う。

先日買ったズボンはサイズが合いすぎていて、一ミリも太れない。これから下着が厚くなる分、痩せなくてはいけない。肉まんの季節が来たというのに。

十月三日㈭

多摩川に野川そそぎて水清く
あらざるところ鴨が来ており

シロツメクサの名の由来を聞いて驚いた。漢字で書けば白詰草。江戸時代にオランダからガラス製品が送られて来たときに、緩衝材として詰められていたから、この名が付いた。花を詰め物にするなんてヒドイじゃないかと思う半面、ロマンチックだなとも少しだけ思う。フレデリックが好きだ。とは言っても、ミルフィーユがおいしい洋菓子店のフレデリック・カッセルではなくて、フレデリックという音が好きなのだ。できれば、秀憲ではなく、フレデリックと名付けて欲しかった。

十月四日㈮

北方《きたかた》はもう読まぬらし　だが友は今もコートの襟たてるらし

三色丼を食べるとき大いに迷う。ごはんの上の挽肉のそぼろ、炒りたまご、ほうれん草をビビンバのようにごはんに混ぜて食べるのが良いのか、それとも混ぜないほうが良いのか。三色丼の正しい食べ方というのはあるのだろうか？　俳句の人は混ぜない、短歌の人は混ぜるというような、業界による傾向はあるのだろうか？　なんとなくだが、ミステリー作家、特にハードボイルド系はビビンバ状態にしそうだ。これでもか、これでもかと混ぜて、食らう。原尞の『私が殺した少女』を読み返している。原尞を読んでいると、寡作の尊さを思う。

十月五日㈯

花火へとむかう列には初恋のひとに似る人いるはずである

多摩川花火大会である。二子玉川に越してきて三年目にして、やっと見られることが嬉しくてたまらない。一年目は激しい雷雨のために中止、二年目は「心の花」東京歌会と重った。一年目の中止の悔しさを八首の連作に作ったりもした。「たかが花火の中止で八首かよ」と自分でも思うのだが、八首にでもしないと悔しさは収まらなかった。〈多摩川の花火を見んとこの町に移りて来たるわれならねども〉〈多摩川の大きな空に打ち上がる花火を恋いて夏を耐えしか〉。そんなわけで、中野での仕事終了後ただちに帰宅。

十月六日(日)

かたゆでの玉子となりて満員の車両に秋のわたしが傾《かし》ぐ

二子玉川駅周辺で、広場演劇「ふたこのわたし」を観た。多摩美術大学の演劇舞踊デザイン学科の学生が出演。若いっていいなあと思う私がいて、かなり寂しい。郵便料金が値上がりしてから一円切手を使う機会が増えた。伊藤博文の顔を久しぶりに見ると思いつつ貼っていたのだが、「それは前島密」と言われて、過ちに気づいた。郵便制度の父は前島密、鉄道の父は井上勝。日本の近代登山の父はウォルター・ウェストン。いろいろな父がいるものだ。

十月七日（月）

少年のひとりを隠し翌檜《あすなろ》の「もういいよもういいよもういいよも」

出勤。明後日は誕生日、五十九歳になる。虚弱な子どもだった私は、何度か医師に見放されたことがあった。「この子は大人になれない」と諦めた母は好き勝手にさせることにした。欲しいものは何でも買い与えた。サンダーバードのプラモデルは一号から五号まで買ってくれた。でも、大人になれた。しかも五十九歳になれる。欲しいものは何でも手に入った子どもは、中学で失恋し、高校で身長が止まった、浪人しても第一志望の大学に受からなかった。そんな経験を経て、欲しいものが何でも手に入るわけではないと悟った。

十月八日(火)

塩味の焼鳥になった気分でした
と日本の夏を書きて知らせぬ

ＮＨＫ学園オープンスクールの「くにたちスクール」で今日から新講座。第二・第四の火曜日にあるので講座名を「火曜の短歌」という。教室は国立駅前。六階にあり、ロビーからは西に並ぶ山々が見える。富士山、高尾山、陣馬山、小金沢連峰、大岳山、御岳山、雲取山、武甲山……。これから秋が進むにつれて、更にくっきり見えるだろう。先日、ハードボイルドの作家は三色丼を食べるとき具とごはんを混ぜて食べるだろうと書いたところ、「そもそもハードボイルドの作家は三色丼を食わない」と友人が言って来た。そうかも知れない。

十月九日 (水)

浮く雲を見ては秋だと父言いき冬にも春にも夏にもそして

短歌を生きがいにしていた父が、母の死後、まったく作らなくなった。庭を眺めて、ぼんやりと日々を過ごしていた。見かねた私は「短歌を教えてくれ」とうっかり言ってしまった。この一言に父は妙に張り切った。この本を明日までに読めとか、今日は十五首作れとか、星一徹のごとく厳しく私を指導した。だから、私にとって短歌は「口は災いのもと」であった。まあ、でも、災い転じて福となすとか、身から出た錆とか、桃栗三年柿八年とか言うように、今こうして短歌を作っている。浦和の公民館で短歌入門講座、多数参加してくださる。

十月十日㈭

動かざるクレーンに雨の降りしきる今日は昨日のままなり渋谷

出勤。リポートの点検と機関誌の校正をする。ともに集中力の要る作業だから、目薬を忘れてはイケナイ。帰宅して歌集を二冊読む。田中拓也さんの『東京』（とうけい、と読む）と田中薫さんの『土星蝕』。田中薫さんの歌集は解説を書かせてもらっているのでゲラでも読んでいるのだが、やはり一冊になると味わい深い。なぜ、田中さんが私に解説を書かせてくれたかと言うと、自分の歌は面白味に欠けているので、面白い人に書いてもらいたいと思ったとのこと。でも、田中さんの歌は十分に面白いし、私は左程面白くない。

十月十一日（金）

横綱の評価をしては声高き女

子高生ふたりなかなか降りず

司馬遼太郎の『人斬り以蔵』を読んで驚いた。薩摩藩の周旋方をつとめる高崎佐太郎という人物が登場する。司馬は「この若者、和歌がうまい」と書いている。それもそのはず、維新後、御歌所初代所長になった高崎正風のことである。登場するのは、たった一か所、五行に過ぎないが、それでも正風が幕末の動乱期、ぶっそうな時代に武士として生きていたことに感動する。よくぞ明治まで生きぬいてくれたと思わずにはいられない。玉川高島屋の大東北展で、ずんだ餅を買う。目にすれば、つい買ってしまう。

十月十二日(土)

商店街のここは出口か入口
か地井武男も来た豆大福屋

モロッコ料理店でクスクスを食べる。クスクスは初体験。運ばれて来たときは、「なんじゃ、この粉っぽい食事は」と思ったが、食べて見ると実においしい。ふわふわとした食感、お菓子を食べている感じ。森本哲郎さんの旅の本が好きで、よく読んでいた。読むたびに地中海沿岸の国々に憧れた。森本さんの『詩人与謝蕪村の世界』で蕪村の凄さを教えられた。〈門を出れば我も行人秋のくれ〉、この句に何度励まされたことだろう。父と母の介護で、自由がきかなかったときでも、近所に買い物に行くだけで旅人気分を味わうことができた。

十月十三日(日)

台風が大きく伝えられる
朝落した皿がふたつに割れず

昨日、蕪村の〈門を出れば我も行人秋のくれ〉が介護をしているときの励ましになったと書いた。その介護が終わって、つまり両親が死んで一人になって、家を売りアパートに移るときにも、この句が頭に浮かんだ。いつ死ぬかわからないけれども、今日から死ぬ日まで私は旅人で居つづけるのだろうと思った。季節も十一月の下旬だったから、まさに「秋のくれ」。行人は旅人という意味だが、そのとき私は死に向かって行く旅人だった。〈ちちははの運び出されし路地をわれ一人死ぬため歩いて出ずる〉と歌った。でも、今こうして生きている。

十月十四日(月)

ゴキブリの住まざる家は無しと
聞く髪刈られつつ現《うつつ》にあれば

さいたまスーパーアリーナで「みんなの短歌」。今日の秀歌鑑賞は小池光さんの新歌集『梨の花』から二十首。読めば、私は大いに感動する。秀歌の条件は感動だけでいいのではないかと近ごろ思う。感動という、文学にとって一番大事なことをつい忘れてしまう。帰宅して、永井聡監督の「世界から猫が消えたなら」。不治の病であると知らされたとき、悪魔が現われて「世界から何かを一つ消すと、おまえの寿命が一日延びる」とそそのかす。この世から電話が消えたら、猫が消えたら？　映画とビールが消えては困ると思いつつ観る。

十月十五日（火）

「イメージです」と断わりつづける CMを日に幾度みていまだに飲まず

出勤。谷保駅から学園までは桜と銀杏の並木が続く。葉の色に秋の訪れを感じつつ歩く。雑草もまた、秋模様である。夏場に比べて、すっかり元気がなくなっている。私は草むしりが大好きなのだが、夏場に限る。元気ハツラツな草に真向うから、やる気がでる。夏は、草と戦うことができる。それが秋になると、草が戦意喪失状態になってしまう。雑誌でアップルパイが企画されることが多くなった。玉川髙島屋の中にアップルパイの専門店がオープンした。タピオカの次はアップルパイなのか？

十月十六日（水）

降る雨に潮の匂えり嫌われるポジティブを今日われは隠しつ

みなとみらいへ。よこはまコスモワールドの大観覧車を見上げる。もっとも高い部分が百十二メートルある。東京タワーに比べれば低いが、奈良の大仏の十五メートルに比べれば八倍近くある。なので、一度も乗っていない。断じて高所恐怖症ではない。高いところを好まないだけである。マンションの二階に住んでいる。借りるときに七階も空いていた。七階からだと多摩川の花火が見えるが、年に一度の花火よりも、少しでも地面に近いことを優先した。朝のパンを買いに行くときもエレベーターに乗らずに済む。

十月十七日(木)

池の鯉、草生《くさふ》のすずめ、路《みち》の猫、驚かせねば今日は歩けず

以前、某新聞社に行ったとき、社員の休憩室みたいなところに巨大な冷蔵庫を見た。コンビニの冷蔵庫のような感じだから中が見える。木山とか木村とか木原とか名前が書かれたペットボトルや缶が入っている。見ていると記者に言われた。「やっぱり歌人ですね。俳句の方は、ほとんど気が付かれないんです」。なるほど、そうなのか。でも、俳人だって絶対に気が付いているはずで、気が付かないふりをしているのだと思う。気になってチラチラ見てしまう歌人。それが俳句には無い短歌の七七になっているんじゃないかと思う。

十月十八日㈮

こんがりとこんこんきつね油揚げ焦げ目正しく母焼きくれし

電車の窓から看板を見ているだけで買ったことはないのだが、高田馬場駅近くに栃尾揚げの専門店がある。揚げたてと看板に書いてある。揚げたてに大根おろしを添えて……なんとも美味そうである。ご多分に洩れず私は豆腐が好き。子供のころ、自転車に乗った豆腐屋さんが喇叭を鳴らして売りに来た。買いに行くのは私の役目だった。私が行くと、豆腐屋のおじいさんはご褒美と言って、油揚げを一枚サービスしてくれた。だから母は私に買いに行かせたのかも知れない。

十月十九日㈯

金色にバターのとけて照るごとし婚約ののちカーテン選るは

今日は瀬田玉川神社の例大祭の宵宮。境内に約五十の店舗が出て賑わう。三年前、この地に越してきたばかりのころ宵宮に行って大変な目にあった。じゃがバターと生ビールを「うまい、うまい」と食べたところまでは良かったのだが、油ものと冷たいものの組み合わせがいけなかった。腹痛を起こしてトイレに駆け込んだのだった。一緒に行った婚約者と婚約者の母にはカッコ悪い姿を見せてしまった。が、境内を三人で歩きながら、一度は一人もいなくなった家族が再び出来る……そう思っただけで、泣きそうになってしまった。

十月二十日(日)

だばだばとのぼる胸突八丁が
マラソンにある恋愛にある

「心の花」十二月号の編集。「もう十二月号か」と毎年誰かが言って「一年が経つのは早い」と毎年誰かが答える。十二月号は一四五四号。一五〇〇号まであと四十六号だから計算すると三年と十か月後の二〇二三年、パリオリンピックの前の年である。パリの街並みをマラソン選手が駆け抜ける映像を想像するだけでワクワクする。クロード・ルルーシュ監督の「男と女」では、車を運転する目の位置でパリの街を映し出している。マラソン選手の目の高さはもう少し上にあるのだろうか。

十月二十一日(月)

買い足しておけば心は定まりぬ低塩しょうゆ低脂肪乳

藤沢へ。たまたま今日は休館日だったが、藤沢に来ると寄るのが駅前にある南市民図書館。もとは小田急百貨店、いまはODAKYU湘南GATEと名前を変えたビルの六階にある。図書館には大島渚監督が愛用していたというテーブルとイスが置いてある。木製の堂々としたもの、ちょっと硬くて座り難いのだが、空いていれば座ることにしている。大島監督は長いあいだ藤沢に住んでいた。帰宅して、武内英樹監督の「今夜、ロマンス劇場で」。映画監督を目指す健司と白黒映画から飛び出してきた美雪の恋の物語。

十月二十二日(火)

ようやく河原の水の引きたれば草は下流を向きて倒る

「月刊　シナリオ」に新藤兼人の「竹山ひとり旅」のシナリオが掲載されていた。一九七七年制作で、林隆三が主演。これを読んで、進路志望が変わった。担任に「大学には行きません。シナリオの専門学校に行きます」と言ったら「専門学校を出れば、すぐにシナリオを書けると思ってない？　人生の苦楽を味わわなくちゃ書けないいんじゃない」と言われた。なるほどと思った私は先生に告げた。「昼はシナリオの学校、夜は調理師の学校に行きます。板前しながらシナリオ書きます」。それを聞いて先生は言ったのだった。「体、こわすよ」。

十月二十三日（水）

「レスカって男女交際のことですか」若きに問われ「如し」と答う

午前は浦和、午後は大宮、短歌の一日。五十五歳まで上尾市に住んでいた私にとって、浦和と大宮は遊び場だった。とは言っても、大きな本屋があれば、それが私の遊び場になる。何軒か見てまわり、半日かけて五、六冊を選び、植草甚一を真似て買った本を喫茶店で開いた。「レスカ」と略して注文するのがカッコよかった。ホットコーヒーを「ホット」と言うのも洒落ていた。「ヒーコー」と言う奴もいたけど、少数派だった。

十月二十四日(木)

越路吹雪のＬＰ入れてある母の柩に傘を差しかけにけり

私が生まれる前、我が家では秋田犬を飼っていた。名前をペソと言った。なにゆえペソと名付けたのか？　母に聞いたのだが、忘れてしまった。スペインの通貨単位がペソだったと思うが、関係ないだろう。母は宝塚歌劇が好きだったので、その線も考えられる。たとえば、越路吹雪の愛称はコーちゃん、鳳蘭はツレちゃんだ。ペソちゃんと呼ばれていた宝塚スターがいたのかも知れない。そのことを妻に言ったら「瀬田交番の近くにある洋品店の名前もペソよ」と言う。解決の糸口が見えて来たではないか。

十月二十五日㈮

さらさらと指からこぼれ落ち
ぬ砂 台風の跡河原にのこる

近所にあったゴルフ練習場の「瀬田モダンゴルフ」が営業を終え、取り壊しが始まった。「あのキンモクセイだけは伐らないで欲しい」と願ったものだが、あっと言う間に伐られた。それはそれは大きな樹だった。秋になると広い範囲に香りを放った。二子玉川駅ちかくの多摩川を見て来た。台風十九号の爪痕が残っていて、水の恐ろしさを改めて感じた。流木が河原の至る所に流れ着いている。公衆トイレには土砂が流れ込んでいて立ち入ることができない。川の水はまだ茶色く濁っている。そんな多摩川を茫然と見ている人が多くいる。

十月二十六日(土)

今日は陽をあびて一番うえにある落葉も明日は落葉に敷かる

「心の花」鎌倉歌会の四百回記念歌会。佐佐木頼綱さんの記念講演を聞きに行く。「鎌倉の信綱」という演題。別荘を構えていた信綱だから鎌倉との縁は深い。先日観た山崎貴監督の「DESTINY　鎌倉ものがたり」では、たくさんの魔物や妖怪が鎌倉に住んでいたが、今までに一度も会ったことがない。土日の鎌倉は人で埋まっているから、魔物や妖怪の歩くスペースがないのだろう。あいつら、けっこう場所をとる体型をしている。

十月二十七日(日)

電柱の影とわが影いっせいに東を向けり家路を急げ

玉子かけご飯はしょうゆと思い込んでいたが、妻の発案で塩味にしてみた。うまい。玉子に塩を適量ふればいい。思えば、ゆで卵は塩で食べる、塩むすびがある。玉子かけご飯の塩味があってしかるべきだった。オリーブ油をもらった。ギリシャ産で、山側で採れたオリーブから出来ている。ということは、海側でとれたオリーブもあるわけで、「甘味の山」「爽やかさの海」と違いがあるらしい。正直いって、その区別が私にはわからないのだが、パンにオリーブ油をたらし、塩をふれば、それでもう贅沢な一品が出来上がる。

十月二十八日(月)

老衰をわがするまでにかかるという数千万円をかなしく思う

読書の秋だが小説が読めない期に入っている。半年周期で、小説を読める期と読めない期が巡っている。読めない期は、エッセイを読み、時の移ろいを待つ。津村記久子の『枕元の本棚』を読む。読書エッセイである。この人の頭の中はどんな本から構成されているのだろうという覗き趣味が働いて、こういうエッセイは相当好きだ。津村さんの脳内は窺い知れないところがあるのだが、この一冊から察するところ、興味のあることにはとことん興味を示す人だということ。なんだ、それって、普通の人じゃないと思って少しほっとする。

十月二十九日(火)

紅葉のまだはじまらぬ平野部の二階の部屋にこたつ設《しつら》う

茶えのき茸というものを、スーパーではじめて目にした。茶色いえのきである。食べたことがない。きのこ愛好家としては、とうぜん買う、そして料理する。豆腐とともに味噌汁にした。ダシは入れないほうがいい。きのこの香りが損なわれる。普通のえのき茸よりも香りが強く、歯ごたえがいい。ぬめりも十分にある。いいものを発見した喜びに、味噌汁を肴に麦焼酎のお湯割りを飲む。えのき茸は白いものという常識が、今日、覆された。

十月三十日㈬

わが意志を打ち破りたる秋の夜の眠気よ　覚めれば締切日過ぐ

水曜日が休みというのは極めて珍しい。十月はなんだかんだと忙しかったので、何もせずにゆっくりしようと考えているのだが、あれを今のうちにやっておくと来月が楽になるという考えが頭をもたげてくる。さあ、そうなると落ち着かない。とりあえず散歩でもするかと、近所を歩き、オナカシロコを捜す。台風の日はずいぶん心配をしたものだったが、翌朝、公園の植え込みの中から、ニャ～と聞こえて来た時には、よく生きていてくれたと感激したのだった。

十月三十一日（木）

食後にはまた櫛型の柿を食い
さびしむはずの秋をよろこぶ

十月も終わる。小さな旅をする予定で二日間空けておいたのだが、行く先が台風十九号の被害に遭ってしまった。旅の代りに、近所を散歩、二子玉川駅の近くの兵庫島に行く。この島も台風十九号の被害を受けた。いまだ立ち入れない場所がある。〈多摩川の砂にたんぽぽ咲くころはわれにもおもふ人のあれかし〉という若山牧水の歌碑があるのだが、近づけない。ご高齢の女性に会い、「牧水の碑まで行けるでしょうか？」と訊かれたので「危険ですよ」と答えると、「父が建てた碑なので無事を確認したいのです」と心配していた。

ジュウイチガツ

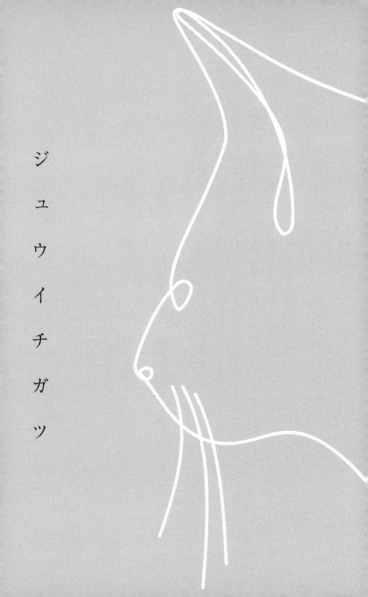

十一月一日㈮

散り敷ける花は香らずとうとうと金木犀が晩秋に入る

渋谷で一番高いビルとなる渋谷スクランブルスクエアが今日オープンした。四十七階建、最上階には展望台がある。が、入場料が二〇〇〇円というので腰が引けている。しばらくは混みそうだし、来年の春にでもなったら登ってみようか。来年の春といえば、ぜひガラケーをスマホに替えたい。スマホを持っていないばかりに損をしてしまうことが増えて来た。ズボンを買ったところ、会員になれば一〇パーセント引きになるという。でも、スマホがないと会員になれない。「それってどうなの」と思うのだが、そういう時代なんだから仕方がないか。

十一月二日(土)

さざんかの長き垣根に囲まれ
て父母の墓所あり水の匂いす

小説が読めずにエッセイばかり読んでいると先日の日記に書いたところ、わたしも同じですというメールが届いた。その人は、台風十五号と十九号で怖い思いをして以来、小説が読めなくなっているという。その気持ち、とても良くわかる。やはり小説は長く、その世界に入っていかなくてはならないので、気持ちが安定していないと読めない。父と母の末期、ベッドの脇にいて、時間はふんだんにあったのに小説が読めなかった。東海林さだお、小沢昭一、川上弘美など、なにも深く考えなくても読めるエッセイばかりを読んでいた。

十一月三日（日）

晩秋の空に雷鳴どよめきぬ「行く」を逆さに読むならば「悔い」

小中高の十二年間を通して一番好きだった科目は社会科。特に歴史が好きだった。「受験科目が日本史だけなら早稲田の政経に入れるのになあ」と先生に言われた。鈴木雅之監督の「本能寺ホテル」を観る。綾瀬はるか演じる繭子が泊まった京都にある本能寺ホテルのエレベーターは、天正十年六月一日の本能寺に繋がっていて、繭子は本能寺の変が起きる前日に織田信長に出会う。信長の真心に触れ、魅かれてしまった繭子、歴史を変えてしまうことを承知で「謀叛が起きます、逃げてください」と忠告をするのだが、信長は……。

十一月四日(月)

さす傘に首から上は濡れざれど日本の雨ががむしゃらに降る

旅行するつもりで三連休をとったのだが、あれこれ原稿を書きながら家で過ごす。旅行に行かずに書いたから良いものが書けたかといえば、「無念である」と答えよう。休み中はワインをたくさん飲んだ。スペイン産、アメリカ産、ドイツ産、アルゼンチン産、ワインで世界を旅した気分。アルゼンチン産を飲むときは、津村記久子に「バイアブランカの地層と少女」や「バリローチェのファン・カルロス・モリーナ」という長いタイトルの小説があったなと、ちょっぴりだけどアルゼンチンのことを考えた。

十一月五日（火）

荒れる胃を治さんがため昨日より小心者をわれは治しぬ

全日本小心者選手権というのがあったとしたら、かなりイイところまで行けるのではないかと思う。イベントでステージにあがる前、「落ち着き払ってますね」と言われることもあるが、緊張のあまり気絶寸前になっているだけ。気絶したことはないが、子どものころ、ひきつけをよく起していた。ひきつけが起きると、舌を嚙み切る恐れがあるので、口の中に何かを入れる。わが家ではガーゼを巻いたスプーンが私の枕元に置いてあった。あるとき、それが無くて、父は慌てて、右手の人差し指を私の口に突っ込んだ。父の指には終生傷が残った。

十一月六日(水)

ひざこぞう見せてジーンズはく人に席を譲られ素直にすわる

「これ以上短くすると白髪がよけい目立ちますよ」と理髪師に言われたのは、五年ほど前。以来、あまり短く刈らないようにしている。祖父も父も真白くなった。私も間もなく真っ白になるだろう。まあ、それはそれで良いとして、眉毛が白くなるのは食い止めたいと思い、海藻をたくさん食べるようにしている。しかし今のところ、食い止め切れていない。ジーンズを今までに何十本と穿き古して来たが、みな右の膝から穴が開いた。穿くときに右脚から穿くので、左脚よりも穿いている時間が若干長いからだと思う。

十一月七日㈭

焼酎のロックに酔わぬ夜のあり父よ酔わぬは苦しかりけん

歌会は発見に満ちている。「西木木」という言葉が出てきた。調べてみると「西木木」は「さいぎぼく」と読み、近江八幡たねやの栗の菓子だ。栗の字を分解すると、西と木に分かれるから「西木木」と名付けられたということもわかった。ところがまだ「西木木」を食べていない。季節限定なので急がなくてはイケナイ。今までの経験で言えば、季節限定商品は八割がた美味い。美味くなかった二割は季節を盛り込みすぎてしまったような気がする。秋だからといって、栗も南瓜も松茸も使ってしまったら、それぞれの味が損なわれるよね。

十一月八日(金)

インフルエンザの予防接種のかえりみち散財をせり微熱あるらし

青山へ。絵画館前の銀杏並木がそろそろ色づき始めているが、本格的に黄葉するのはもう少し先のこと。一週間前にインフルエンザの予防接種を受けたのだが、左肩の注射の痕が痒くて仕方がない。講座中もしきりに掻いているので、受講生から「掻いちゃダメ」と注意される。毎年同じように左肩を掻いていて、秋の風物詩になっているそうだ。私にとってインフルエンザは秋の確定申告みたいなもので、嫌で嫌でたまらないのだが、済めばホッとする。医院からの帰りにランチの寿司を食べ、自分にご褒美をあげる。

十一月九日（土）

首をかけ守るべきものわれになく腕立て伏せは五回が限度

「心の花」東京歌会の吟行会が清澄白河で行われているが、所用があって欠席する。一昨年は横浜の三溪園で、昨年は上野動物園で開催され、いずれも佐佐木幸綱先生が一位を獲得した。かつて吟行会にめっぽう強い女性がいて、「吟行会の女王」と呼ばれていたが、今、その座には幸綱先生がいる。今年はどうなっているのだろうと想像しながら中央林間行きの電車に乗っている。

十一月十日(日)

熱血がどうにも苦手霜月
に千両万両あかく色づく

映画「タックル天国」の監督をする夢を観た。ラグビー部は全員トンガからの留学生だが、揃ってラグビーをやったことがない。どちらかといえば虚弱なタイプ。トンガの人は誰もがラグビーをやっていると思い込んだ監督が手当たり次第に呼んだ。それでもそれなりに練習を積み、早稲田戦に臨むものの大敗。選手は意気消沈、トンガに帰ると言う。追い打ちをかけるように監督が病に倒れる。大ピンチのラグビー部。そこに救世主が現われた。船越英一郎が演じる法学部教授だ。熱血指導によってチームはみるみる強くなるのだが……。

十一月十一日(月)

ぬばたまの夜の銀座のポッキーはオードブルにて高嶺なりにき

ポッキー&プリッツの日である。1111がポッキーやプリッツに見えるからだが、個人的にはポッキーの日と呼んでいる。ポッキーさえあればプリッツは無くても困らない。ということを友人に話したら、「俺はポッキーがなくても困らない。ビールにはプリッツしか考えられない」と言う。ポッキーこそがビールに合うことを彼は知らない(個人差あり)。なんとなく毎年、この時期になると、おでんが食べたくなる。1111が竹輪やゴボウ巻に見えなくもない。おでんには冬季限定のコクのあるビールが合う。

十一月十二日㈫

あんちゃんよぉとわれに絡みし酔っ払い昭和の金歯ぎらり光らせ

国立で「火曜の短歌」。また今日も昼はサイゼリヤに入る。他にも店がいっぱいあるのにと思いつつ、五〇〇円のランチハンバーグを食べている。保守的というか、冒険しないというか、講座では「冒険のない短歌はダメです」と言っているのに。帰路、義父が入院している病院に寄る。先週までは面会できる時間が一時間だったが、今は五分に短縮されている。しかもマスクを絶対に着用のこと。インフルエンザ対策ということだが、五分じゃ顔を見ることしかできない。

十一月十三日㈬

鵜をまねて鴉も黒く多摩川の
中洲に立てり溺るるなかれ

岸善幸監督の「二重生活」を観る。大学院で哲学を学ぶ白石珠は指導教授から、修士論文を書くために、誰か一人を尾行してみることを勧められる。教授はそれを哲学的尾行と呼ぶ。原作は小池真理子。ゴミ置き場に設置された防犯カメラを使った画面など、随所に工夫された映像がちりばめられていて、なかなかの映画だった。カメラの位置、つまり登場人物をどこから見ているかは映画の大事な要素だ。観終わって、映画に出てきたわけではないのに、親子どんぶりが無性に食べたくなる。作る。

十一月十四日(木)

始まりも終りもあらぬ横長の雲を見てゆく秋の電車に

プリンターが故障したので買い換えた。これを機に、説明書や保証書の保管場所を一か所にまとめた。わが家は電化製品が極めて少ないのだが、それでも十種類くらいあって、その説明書が散り散りになっているから、いざというときになかなか見つからない。すべてが、ここに入れてあるとわかっていると、気持ちが落ち着く。いつ壊れても良いような気になる。そろそろパソコンが怪しくなっていて、今まで書いた原稿のデータをUSBメモリに移しておかなくてはいけないと思いつつ、できないでいる。無精者だ。

十一月十五日(金)

霜月のひかりあまねき川の面
を昼に浮き寝の鴨は流るる

出勤。晩秋である。日替わり定食にさばの味噌煮が出て来る時期である。ラーメンも味噌ラーメンを頼みたくなる時期である。今月二十七日に今年一回目の忘年会がある。なるべく安くあげようと幹事が探した結果、サイゼリヤに決まった。忘年会のスタートは四時半。五時までのランチタイムに間に合う時間である。五〇〇円のランチメニューとグラスワインを一杯注文すれば、六〇〇円で済むという。そんな財布にやさしい忘年会があってもいい。

十一月十六日㈯

木に実る実りを捥ぐは常たのし妻の実家に脚立をたてる

網棚に新聞が乗っている光景を久しぶりに見る。読み終わった新聞を網棚に乗せておくと誰かが読む。そしてまた誰かが読む。そんな光景が当たり前のようにあったが、新聞を読む人を見ることさえ稀になった。私は相変わらず文庫を読んでいる。今日は椎名誠の『おなかがすいたハラペコだ。』。コロッケパンが食べたくなる。最近はキャベツが入り過ぎている。「決してお邪魔はしませんから、ご一緒させてください」とキャベツが恐縮しているくらいが美味い。「俺はお前の仲間だぜ」とキャベツが大きな顔をし始めたら美味しくなくなる。

十一月十七日(日)

こたつ寝から覚めれば外は夕しぐれおや還暦は待たずとも来る

買い換えたプリンターでコピーを取ろうとして、気が付いた。コピー機能がない。よりコンパクトなものを、より低価格なものを求めて購入したのだが、コピーできるかどうかを確認するのを忘れてしまった。「とほほ」と気落ちしながら、コピーを取りにコンビニへ行く。午後からは「心の花」一月号の編集作業のために佐佐木幸綱先生のお宅へ。佐藤佐太郎短歌賞に決まった谷岡亜紀さん、若山牧水賞を受賞することになった黒岩剛仁さんがいるので華やかなムード。佐佐木家の愛犬、ゴールデンレトリバーのテオも大きく尻尾をふっている。

十一月十八日(月)

ポケットに左手入れて飲んでいる俺をグラスの向こうで笑う

一週間前に、玉川髙島屋でスパークリングワインの試飲会があり、『神の雫』の本間チョースケのモデル・本間敦さんの説明を受けながら、いろいろと飲んだ。なかでもギリシャ産が美味しかった。スパークリングには殺菌効果、食欲増進効果、カルシウム吸着効果がある。その日は風邪気味だったのだが、殺菌効果のおかげか、一夜で治ってしまった。以来、スパークリングワインを飲んでいる。ワインの世界的な傾向として、濃厚なものより、スッキリとした淡いものが好まれているそうだ。私の好みが主流になりつつある。

十一月十九日(火)

湯を分けてわが身湯船に沈みゆく　こんなに楽じゃないね死ぬって

来年の手帳を使い始めている。十一月スタートのものを見つけたので、早々と切り替えた。例年だと、今年の手帳と来年の手帳の二冊を持ち歩き、見比べたりしているのだが、間違いがときどき起きる。行くべき日の前日に行ってしまい「それは明日です」と言われたりすると愕然となる。一冊にまとめてしまえば、そんなオッチョコチョイをしなくて済みそうだ。電車の中では、角田光代のエッセイ集『幾千の夜、昨日の月』を読む。軽いのに奥が深く、確実に心を乱してくれる。なのに穏やかなものも与えてくれる。

十一月二十日㈬

どんぐりを落とし終えたる樫の木に今日は来ている「ぐげ」と鳴く鳥

「みぎわ」の作品月評を書く。「みぎわ」は甲府市に発行所を置く短歌結社。五年前の新年歌会と、二年前の大会に呼んでいただいた。ブドウ栽培の歌など土地に深く根ざした風土色の濃い堅実な作品が多い。私も土地に根ざした作品を詠みたいとは思うが、この地に移ってきて三年、まだまだ全然根付いていない。どうしたら根付くことができるのだろう？　家を買う？　どう考えても、二子玉川で家を買うことなんて無理。せめて今は頻繁に散歩して町を体感する事しかできない。公園でオナカシロコに話しかけたりしながら。

十一月二十一日(木)

部屋深く差す晩秋の日のひかり位牌に金の文字がきらめく

晩秋と言うべきか、初冬と呼ぶべきか、迷う今日この頃であるが、肉まんをまだ食べていない。なので晩秋ということにしておこう。「うぐいすきゅうり」なるものを初めて買う。濃い緑色ではなく、全体がうぐいす色をしている。皮がやわらかいので、そのまま味噌をつけて食べると美味い。それにしても変わった野菜がいろいろ登場する。坊ちゃんかぼちゃをはじめて食べたときは感動したものだが、今ではすっかりメジャーな存在になっている。

十一月二十二日㈮

レアの血に銀の刃物は曇りおり今のうちにとすること多し

熊谷祐紀監督・中村ゆりか主演の「ラーメン食いてぇ！」を観る。ウイグル自治区での取材中に事故に遭い砂漠に取り残された料理研究家は、助けてくれた遊牧民と行動をともにしながら食事の大切さを改めて考える。自分が追い求めてきた美味しいものとは何だったのかと、信念が揺らぐ。遊牧民に飼われている羊も脚を骨折すれば食べられる運命にある。さきほどまで生きていた羊が焼かれて出て来る。美味しい美味しいと遊牧民は食べる。研究家も泣きながら食べ、そして心底美味しいと思う。

十一月二十三日㈯

言っちゃった　メタセコイアのまっすぐに日々励まされ生きております

玉川髙島屋の屋上が改装されて、さまざまなイベントが開かれている。今日はジャズヴォーカルコンサート。紗理さんの歌と浅葉裕文さんのギター。ジャズは全然わからない。けれどもわが家のBGMはジャズ。たった一枚のCDを、音を低くして繰り返し流している。誰が歌っているのかも、何を歌っているのかも、私は知らない。ジャズファンとは言えないけれど、そういう聴き方ができるのがジャズだと思う。鮭のムニエルと日本酒で夕食。

十一月二十四日（日）

時雨たり　とことん酔うがよろしきに父を思い出すまでしか酔えず

三軒茶屋の病院に見舞いに行く。昼食は二子玉川に戻って、髙島屋の屋上でコンビニ弁当と缶ビール。空の下で食べると美味しいものが更に美味しくなる。部屋に戻って映画を二本。「鍵泥棒のメソッド」と「アフタースクール」。ともに内田けんじ監督で、堺雅人が出演している。堺が情けなさを演じると、ちょっと過剰な演技になるのだが、それが持ち味と言えば持ち味、二本ともいい味を出していた。東急田園都市線の南町田駅が「南町田グランベリーパーク」と名前を変えた。車内放送する車掌さんが大変そうだ。

十一月二十五日(月)

「左手に見えます海は」木枯しにガイドの声が千切られており

出勤。銀杏並木を冷たい風が吹き抜ける。妻が読んでいた青柳瑞穂訳のルソー『孤独な散歩者の夢想』を借りて出たが、一ページだけ読んで持ち帰る。一週間前に江の島に行ったときも風が強かった。飛ばされた帽子を追いかける人が何人かいた。ラーメンが食べたくなって、ハワイアンの店でハワイのラーメン「サイミン」を食べた。さっぱり系、しょうゆ味でもなく、塩味でもなく、ひと言で言えば薄味。スパムが乗っている点はハワイっぽいが、なると巻が二枚乗っているのはハワイっぽくない。でも満足。五〇〇円というのも嬉しい。

十一月二十六日㈫

「今年こそはコート」と言って三度目の冬のおでんや辛子が辛い

川島結佳子の『感傷ストーブ』を読んでいた妻が「この人の歌、好き。津村記久子に似ている」と言う。津村記久子は「一日コラーゲンの抽出を見守るような仕事」を探していた。なるほど、『感傷ストーブ』の作中主体も、そんな仕事を探していそうだ。「マテ茶も出て来る」と更に妻が言う。津村の『この世にたやすい仕事はない』の主人公はマテ茶を飲んでいる。『感傷ストーブ』にも〈自販機の中身が代わる私だけなのかマテ茶を飲んでいたのは〉という歌がある。たかがマテ茶で、世界から孤立してしまったような絶望感も津村に似ている。

十一月二十七日（水）

ひだまりを飛びては落ちる冬の蠅たまたま今日はわれが見守る

大宮へ。「すずめの子短歌会」の歌会と忘年会。その後はいつもならカラオケなのだが、ちょっと声が嗄れ気味なので、今年はパスさせてもらう。下重さんの「お祭りマンボ」、小木曽さんの「風雪流れ旅」、今井さんの裕次郎を聞きたいのだが……、そして「チャコの海岸物語」を歌いたいのだが……。ビーフジャーキーが好きだ。硬めの、黒胡椒味を好むので、アメリカのものがいい。コンビーフとか佃煮とか、牛肉は加工されたものが口に合う。

十一月二十八日（木）

すずめにも性格ありてわが投げしパンの屑さえ食わずに去りぬ

「塔」の山内頌子さんの歌集『シロツメクサを探すだろうに』の批評会が、来週末にあるので読み返している。この秋も、さまざまな批評会の案内をいただいたのだが、結局この会しか出られない。何度か批評会の司会をしたが、しくじることが多い。高山邦男さんの『インソムニア』の批評会でも最後の著者の挨拶を忘れてしまった。椅子を片付け始めたときに、誰かが「高山さんが何も話していない」と気づき、遅ればせながら挨拶をしてもらった。パイプ椅子を持ったまま挨拶を聞くことになった。

十一月二十九日（金）

冬野より戻りて湯気を恋うこころ肌が乾けばこころが乾く

第十四回鎌倉歌壇さきがけ源実朝公顕彰歌会に参加するために鎌倉へ。「ユーモアと短歌の現在」という題で話す。帰りの電車の中で、小さな女の子が二人で「ある日　森の中　くまさんに出会った」と輪唱している。で、つくづく感じた。くまさんはお嬢さんにお逃げなさいと忠告する。このままでは自分がお嬢さんを食べてしまうことを知っているからだ。人間を本当は食べたくないと強く思っても、クマとしての本能が勝ってしまう。生きるものの宿命と悲哀を、このクマは背負っている。クマと言えども葛藤がある。

十一月三十日（土）

一日を町にとどまる冬の雲か
どのパン屋にパン焼き上がる

宮崎の米「ヒノヒカリ」が美味しくて、つい食べ過ぎてしまう。食後のりんごもみかんもカステラも美味しい。美味しく食べられる幸せを今のうちに味わっておかなくては。さて明日から十二月。カレンダーが残り一枚になる。いつも使っているのは月齢のついたもの。百円ショップで買っているのだが、来年のものがいまだに入手できていない。行く先々でショップを覗いてみても、ない。

ジュウニガツ

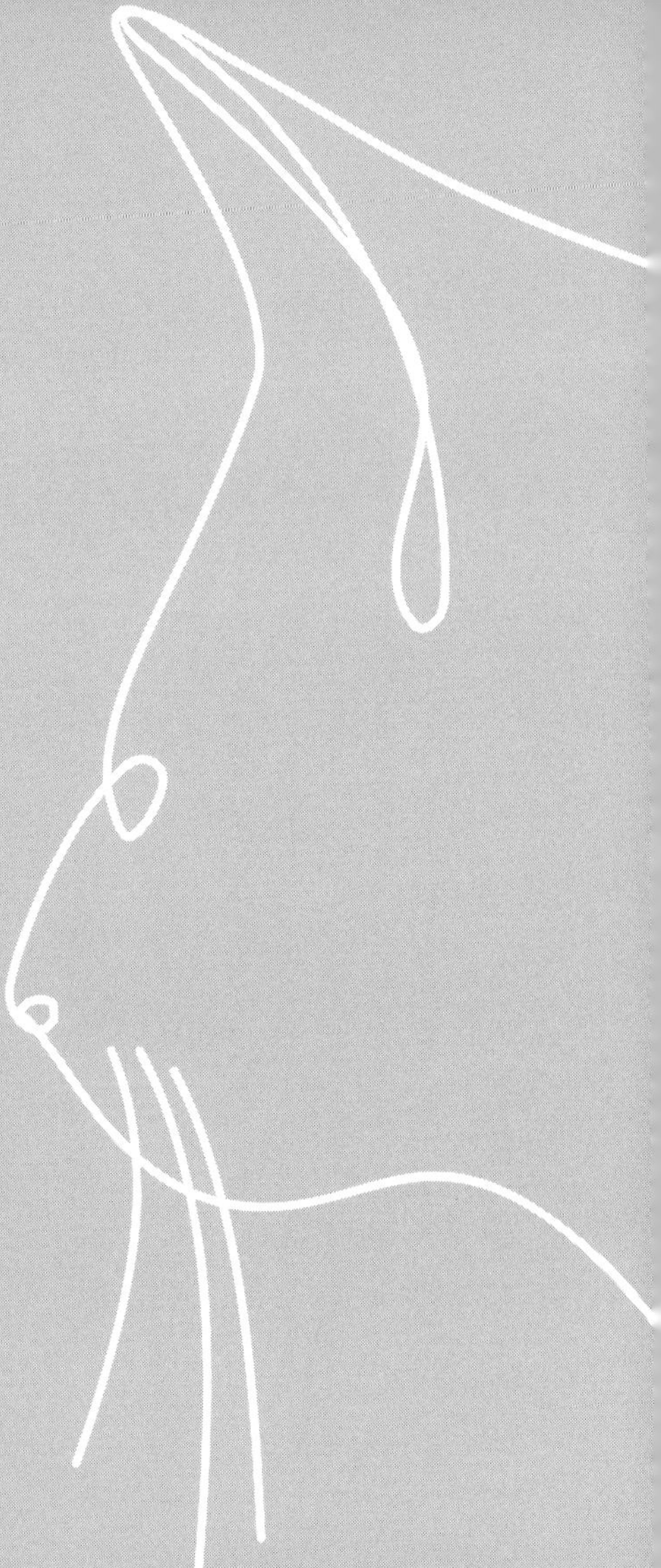

十二月一日(日)

右バッターボックスの深き水たまり　咳き込みにつつ遠く見ている

デヴィッド・O・ラッセル監督の「世界にひとつのプレイブック」。ジョギングするシーンが多い。躁うつ病の元歴史教師と性依存症の夫に死別した女性が、ダンスを通じて回復してゆく物語。アメフトのノミ屋をしている父（ロバート・デ・ニーロが演じている）をはじめとして、病気でない人たちも、かなり病的だ。ティファニー役のジェニファー・ローレンスが妖艶。この映画でアカデミー賞の主演女優賞を獲得した。冬季限定のビールの時期が来た。アルコール度数が六パーセント。通常のものより一ポイント高い。一缶飲めばほろ酔い。

十二月二日(月)

置時計の狂い直せりわが留守を青き電波が部屋に入り来て

南木佳士のエッセイ集『ふいに吹く風』を読む。芥川賞受賞作の「ダイヤモンドダスト」以来、読み続けている作家。映画になった「阿弥陀堂だより」が代表作として取り上げられるが、みずからの体験をもとに新設間もない秋田大学医学部の学生たちを描いた『医学生』も忘れられない一冊。私の高校は埼玉県川越市のさつま芋畑のど真ん中にあった。土手に寝ころび本を読み、蛙を捕まえ、霜柱を踏んで遊ぶ、そんなことばかりしていた。男子校だったのでロマンチックなことは何もなく、学校帰りに喫茶店に入るなんて想像もつかなかった。

十二月三日(火)

冬の日の電車に揺れる未消化の牛蒡てんぷら蕎麦と第五句

お店の開店や駅前のクリスマスツリーの点灯式に出くわすと、鼓笛隊が来てパレードするのではないかと期待してしまう。「鼓笛隊、来るかな?」と妻に言うと「また」と笑われる。祝いごと=鼓笛隊が来るものと私は思い込んでいる。で、ある日、なんとなく「鼓笛隊」を検索してみると、最初に出て来たのが、埼玉県上尾市にある小学校の鼓笛隊だった。上尾は私が育った町。なんと上尾は鼓笛隊が盛んな町だったのだ。とすると、子どものころ、鼓笛隊を何度も見たはずである。鼓笛隊は私の原風景だった。

十二月四日(水)

街の灯をうかべ流るる丸子川、橋くぐるとき街の灯の消ゆ

桶川の「さいたま文学館」へ。みなづき短歌会の歌会と忘年会。会が発足して四度目の忘年会になる。代表の宮崎さん、詠草の須田さん、会計の金子さんの心配りのある運営があって、来年はいよいよ五周年。まだまだ若い会だけど、講師役の私が休んでも歌会ができるところまで成長したことが嬉しい。忘年会の会場は庄や。昼食も庄やの日替わりランチを食べたので、一日に二度行く。店から獺祭の一升瓶の差し入れもあり、しこたま飲む。飲めない人には申し訳ないくらい飲む。

十二月五日（木）

硝子窓の向うに雨は降りながらわたしに「今日は雨」と書かせる

出勤。夏目漱石の『硝子戸の中』を読みながら行く。岩波の漱石全集を引っ越すときに売ってしまった。開高健と藤沢周平の全集も手放した。惜しいと思う気持ちと、これで良かったと思う気持ちが半分ずつある。売ったときに、私の思考を構成する人々から解き放たれた気がした。これからは一人で、いろいろ考えながら生きて行きますという気分になった。でも、ときどき、漱石に何か聞いてみたくなる。先生、戻って参りましたという感じ。漱石は今の私よりも十歳若くして死んでいるが、永遠の先生である。

十二月六日㈮

追われてる猫をかくまう空間が我が本棚になきぞ悲しき

出勤。夏目漱石の『草枕』を読みながら行く。漱石全集は売ったが、筑摩書房の『現代短歌全集』だけは売れなかった。これを売ってしまったら歌人を辞めてしまうような気がした。この先、どんなに部屋が狭くなろうが、どんなに生活が苦しくなろうが絶対に売るまいと、ケースを捨てた。ケースのない本は値がつかないからだ。他にもケースを捨てた本が何冊もある。『日野草城全句集』のケースを最近捨てた。『人生の午後』の〈妻はまだ何かしてをり除夜の鐘〉はすごいと思う。俳句の詩型はとてつもなく大きいと感じる。

十二月七日（土）

ついてきた影にとつぜん追い
越さる街灯白き四谷の坂に

四谷で山内頌子さんの第二歌集『シロツメクサを探すだろうに』の批評会。結社を超えて多くの方が集まる。パネラーを仰せつかったので、最初に三十分、大いにしゃべらせてもらう。四谷に来ると思い出すのが岡井隆さん『暮れてゆくバッハ』の〈聖《セント》イグナチオ教会の昼の鐘が鳴るむろんわたしを慰《なぐさ》めるために〉。慰めてくれる鐘を聞きたくて、昼のミサが始まる時刻に合わせて聞きに行ったことがある。

十二月八日(日)

電車にも雨樋あるを今朝知り
ぬ五分遅れの下り待ちつつ

レジス・ロワンサル監督の「タイピスト!」を観る。時代は一九五九年、舞台はパリ。田舎から出て来たドジな娘が、タイプライター早打ち大会で世界一になるまでの物語。最初は人差し指しか使わない「一本打ち」だったが、鬼コーチの指導のもと指を十本使えるようになった。私は人差し指だけでパソコンのキーボードを操作している。佐佐木頼綱さんに「一本打ちなんですね。それでよくあれだけの分量書けますね」と感心されたことがある。でも、一本が私の思考のスピードに合う。たどたどしく打つ程度にしか頭が回転しないのだ。

十二月九日(月)

鳥も木もお互いの名を知らぬまま春夏秋冬仲のよろしも

公園などで樹木に名札があると助かる。木の名前を知らない。というか、名前は知っていても木と一致しない。名札にサワラとあれば、「ほう、これがサワラか」と覚える（でも、すぐに忘れる）。サワラは漢字でかくと椹、木に甚だしいと書く。だから以前はあちらこちらに生えていたんだなあと感心する。鎌倉に行ったとき、鎌倉駅からほど近い大巧寺に寄った。境内の木々の一つ一つに名札がついている。名札を付けるということは、木の存在を認め、木を大切にすることだと思う。

十二月十日（火）

いずこよりA氏は来るや駅前に落ち葉つもれば落ち葉を消しに

火曜の短歌。国立駅前のNHK学園オープンスクールへ。秀歌鑑賞は香山静子さんの『銀の萱』より。今年も多くの歌集を読んだ。「うた新聞」の十二月号に「今年の歌集　苛立つ時代に」という文章を書かせてもらった。新人からベテランまで、この不安な時代に、みんな何かに苛立っているのだと、歌集を読みながら感じた。そんな中、香山さんの〈さはさはと庭の落葉を掃く音は紛れもあらぬこの秋の音〉の穏やかさが心に沁みた。この秋を生きていられる満ち足りた心がある。しかし、落葉を掃く音は寂しい。歌からは生の儚さも感じる。

十二月十一日（水）

世田谷に世田谷のひと住みおりて赤い夕日に泣くひとのいる

「令和に学ぶ万葉集　佐佐木幸綱ゼミナール」の開講に関われたことが、職場での今年最大の収穫。来年の二月、神奈川県愛甲郡愛川町の町民大学で四回にわたって万葉集や百人一首の話をさせていただく。年末年始に急ピッチで勉強しなくてはいけない。愛甲郡で愛川町だから町のキャッチフレーズは「愛がふたつある町」。自然豊かな町らしい。雪が降るかも知れない時期なので、帰って来られなくなったらどうしようという不安はあるのだが、行くのを楽しみにしている。片道二時間、毎週日曜日に小さな旅をすることになる。

十二月十二日㈭

変えてみた目薬さして見る町に五本以上の電柱がある

出勤。マクドナルドで食べたシナモンメルツの美味しさを誰かに伝えたくて聞いてくれそうな人を探す。シナモン系の菓子やパンを私はよく食べる。三谷幸喜監督の「ステキな金縛り」によるとシナモンをよく食べていると幽霊が見えるようになるそうだ。来年の夏に向けて、今からせっせと食べている。帰宅して中村義洋監督の「アヒルと鴨のコインロッカー」を観る。濱田岳は期待を裏切らない役者。観終わってから、ブータンがどこにあるのかを地図で調べ、ボブ・ディランの「風に吹かれて」をYouTubeで聴く。

十二月十三日㈮

サボテンの水のやりすぎを例にして父は子育て悔いていしとぞ

青山へ。都心に向かう電車に乗ると疲れ果てる。帰宅して、目黒御門屋の揚げまんじゅうを食べながら遊川和彦監督の「恋妻家宮本」を観る。阿部寛と天海祐希。阿部寛の演じる中学校教師は優柔不断でファミレスに行っても注文がなかなか決まらない。妻が離婚届を隠しているのを発見したり、生徒からは「先生に向いてないんじゃない」と言われたりで、自信喪失気味。でも、良いことを一つだけ言う。「正しいかもしれないけど、やさしくない」。正しいことと、やさしいことを比べたら、どちらが大事か？　考えさせられる問いかけである。

十二月十四日（土）

〈四度目の夫の入院〉四度目が夫に掛かると読めば楽しも

締め切りが過ぎている原稿を二本書く。以前は原稿が遅れるということは無かったのだが、どうにもこうにも徹夜できない年齢に達している。来年になれば余裕ができそうなので、締め切りをきちんと守れるだろうと思うようにしている。夜は中野サンプラザで「心の花」東京歌会。詠草六十二首の中から二首選んで投票する。票数の一番多い歌が一位、でも賞品はない。関沢さんに久しぶりに会えたので、武蔵野歌会の分担金四〇〇〇円をやっと払うことができた。借金がなくて、年を越えられるのは目出度い。

十二月十五日(日)

欠けはじめてまだ間もないが　忘年会帰りの月がどこかに浮かぶ

朝のうち映画を一本観る。黒沢清監督の「ニンゲン合格」。一九九九年公開だから出演者がみな若い。主演は西島秀俊。十四歳のときに交通事故に遭い十年間昏睡状態に居たが、奇跡的に回復する。だが、十年の間に家族は散り散りになり、それぞれが「今」を生きている。十年はあまりにも長かった。随所にギリシャの映画監督テオ・アンゲロプロスの影響を受けていると思われる演出がなされていて、印象深い映像が続く。午後からは「心の花」二月号の編集のために佐佐木幸綱先生のお宅へ。今年も終わりが近づいている。

十二月十六日(月)

冬の日の靴に寄せくる白き
波太平洋に戻りてゆきぬ

藤沢で「短歌実作講座」。終わって、江の島に海を見に行く。四季を通して海はいつ見てもいい。海岸でビールという季節ではないので、震えながら少しだけ見て引き上げる。カルディコーヒーファームの前でコーヒーを配っていると、たいがいご馳走になり、たいがい何か買う。今日はドイツのシュトレンとスペインのイベリコ豚レバーパテ。ちょっと日常離れした海外の食品を、さほど高くない値段で買えるのが楽しい。夕食後、何か映画を観ようと思ったが、早々と寝てしまう。

十二月十七日（火）

髭にさえ白きのあまた出ずる
われ三日先まで作り置きせり

休み。八つ頭を煮て、レモンの薄切りを砂糖漬けにして、れんこんの金平を作る。みな単純なものだが、料理は楽しい。シクラメンをいただく。お礼の葉書に〈リビングがいいと妻言い寝室がいいと我言い緋のシクラメン〉という歌をしたためる。本とパソコンしかない部屋に華やぎが生まれた。シクラメンを部屋に置くのは何年ぶりだろう。

十二月十八日(水)

ここまでのここを忘れて飲む酒のここ過ぎてより父の顕る

鮭の酒びたし、数の子松前漬けを肴に上尾市の酒蔵・北西酒蔵の純米吟醸「上尾育ち」を飲む。すいすい体に入ってゆく美味い酒。飲み過ぎそう。上尾市は私の出身地。以前は小学校の裏に北西酒蔵があったので、蔵の前を通って通学していた。祖父も父も酒癖が悪く、私が小学校の頃は父が一番暴れていた時期だった。だから蔵の前を通るのが嫌だった。「この世から酒がなくなれば、お父さんは良い人でいられる」と思っていた。

十二月十九日(木)

たのしくて尾をふるならば吾《あ》もたのし土手を歩めりかわらすずめと

出勤。電車の中では絲山秋子の『ばかもの』を読む。忙しさが続いて、しばらく小説が読めなくなっていたので、復帰第一作。なるべく薄いものを選ぶ。文庫で二〇四ページは理想的。ただ、最初のページから二八ページまで濡れ場が続くので、めげそうになる。が、そこを耐えたら断然面白くなった。主人公の男がアルコール依存症になってゆく過程は、真に迫っていて恐ろしくなるほど。意外な展開が続き飽きない。それでいて結末はまとまるべきところにまとまってくれて一安心。私は結末のどんでん返しが好きでないらしい。

十二月二十日㈮

歳晩の枝にのこれる数枚の
雄の葉を見て窓の辺におり

出勤。大掃除、というわけではないが机に積まれた総合誌や結社誌を書棚に移す。マスクをしているので「風邪ですか?」と訊かれることもあるのだが、「風邪と花粉症の予防です」と答える。重篤な風邪は数年ひいていない。しかし重篤な花粉症は十八歳の春以来四十一年間続いている。昨日読んだ『ばかもの』が良かったので、しばらく絲山秋子を読んでみることにした。今日は『沖で待つ』。芥川賞受賞作だ。ストレートな文体なので読みやすい。年末年始は絲山秋子、ということになりそうだ。

十二月二十一日(土)

一本の道を荒野に通すごとおのれ責めいき責めて許しき

年賀状の準備をまだしていないことに気づく。相当慌てるが、今日のところは先送りにする。先送りできることは先送りしようと思うようになったのは両親が死んでから。それまでは、いつ急変するかわからない病人と暮らしていたので、「やるべきことは早くやってしまわなくては」と思っていた。だから二人を送って一人になったとき、二十四時間すべてが自分の為に使えることを喜んだ。だが喜びは続かなかった。心の中の空洞が、やけに寒いことに気が付いた。誰かの為に時間を使うことって素晴らしいじゃないかと思った。

十二月二十二日(日)

図書館のひそひそ声のように吹く風にさえ散る今朝のさざんか

今日も休み。妻の実家で庭の片付けを手伝ったりして気ままに過ごす。さざんかと椿の違いがわからない。さざんかは散るもの、椿は落ちるものと聞いてはいるが、散ったり落ちたりするまではわからない。咲いているうちに見分ける方法はないだろうか？　友人の香川くんは、キャベツとレタスの区別がつかない人だったが、結婚が決まったとたん料理学校に通い始めた。奥さんになる人に「わたしが病気になったときに、料理を作ってくれないような人とは結婚したくない」と言われたそうだ。

十二月二十三日(月)

書きつかれ読みつかれ生きつかれ　散髪は今日でなくともよいのに行きぬ

今日も休み。坪内稔典さんの『雲の寄る日』と絲山秋子さんの『不愉快な本の続編』を読む。坪内さんは敬愛する俳人、そして歌人。〈あの人はチェロの奏者か切り株に腰をおろして雲を見ている〉〈雲は春ベンチの端に猫がいてオレとの距離を測っているか〉〈まっすぐに立つのもいいが時々は傾ぐのもいい雲がぽかぽか〉というような、おとぎ話なのか人生観なのかホラなのかわからない歌が満載の歌集だ。

十二月二十四日㈫

借りている部屋に画鋲をひとつ
刺す夕日のなかに黒々と富士

国立で「火曜の短歌」。昼はバーミヤンでラーメン。ラーメンを食べれば餃子も食べたくなる。バーミヤンの餃子ならばニンニクは匂わないと思うが、講座の前なので控える。水餃子でも作ってみるかと帰りの電車の中で思う。しかし今の部屋はキッチンが狭いので、出来上がった百個の餃子を並べるスペースがない。どうせ作るなら百個は作って冷凍しておきたい。引き続き絲山秋子を読んでいる。今日からは『海の仙人』。自分に似ているところを主人公に見つけてしまうことの多い絲山作品。夜遅くまで読む。

十二月二十五日㈬

はるばると遠くへ伸びるわが影の中でも遊べ冬のすずめよ

大宮で「すずめの子短歌会」。脳梗塞で休んでいた坂井さんが復帰されたのが嬉しい。男性が多い歌会だから、詠草のなかに「妻が留守」という言葉があったりすると大いに盛り上がる。「旅に出た」「出産間近の娘のところに行った」「出て行かれた」などなど読みが深まってゆく。十一月に忘年会を済ませているので、歌会終了後は真っ直ぐ帰宅。パイナップルが丸ごとあったので切る。果物を切るのは楽しい。特にマンゴー、パパイア、日向夏といった南の果物が、いい。ちょっと変わった剝き方をするのが、いい。

十二月二十六日㈭

てぶくろはわれを忘れて一日を
空っぽのまま部屋におりたり

今年最後の出勤。黒木三千代さんとご一緒。黒木さんとお会いするたびに、自分は如何に希薄な歌を作っているのかという思いに駆られる。もっと真摯に歌に向かい、言葉の一つ一つを大切にしなければと思う。そんなことを黒木さんは直接言うわけではないけれど、なんでもない会話の端々からピシピシと感じる。全存在が歌人なのだ。敬う歌人と職場をともにできるのは幸せ以外のなにものでもない。黒木さんは「藤島さんはまだお若いから」と言ってくださるが、私も来年は還暦。「いい歌を作る」ことをもっと真剣に考えなくてはいけない。

十二月二十七日（金）

あっけない死ほど疑い深き死と刑事が写しし寝間居間わたし

父の七度目の祥月命日。いつも通りに朝ごはんを二人で食べ、私が片付けをして戻るまでの十分足らずの間に父の呼吸は止まっていた。救急車を呼び、電話の向うの声を頼りに心臓マッサージをした。でも、どう見ても父は死んでいた。「全体重をかけて」という声も聞こえて来たが、はたして骨と皮だけになった父に全体重をかけることができただろうか。自宅で死んだので警察による家宅捜査があった。通帳や財布の中も調べられた。私の人生の中で一番長い一日だった。

十二月二十八日(土)

この指が父の臓腑を分くるのか解剖学教授の名刺受けとる

父は献体に登録していた。解剖学教室の講師が家まで遺体を引き取りに来た。謝礼を渡された。献体は無償の行為と思っていたので、たじろいだ。三万円入っていた。なんだか父の死体を売るように思えたが、そのときの三万円はありがたかった。医科大学まで父と一緒に行った。車の中で講師は無言だった。慰めの言葉などないことが却って楽だった。医科大学を出たあと、目的もなく池袋から山手線に乗り、座ったとたん寝た。「次は池袋」の声で目が覚めた。一周していたのだ。池袋で降りて、立ち食いの蕎麦屋に入った。

十二月二十九日(日)

あらたまの年のためなる買い物の少なし　義父の入院つづく

八つ頭を煮ようと思い、探すが見当らない。やっと高級スーパーで見つけたが高級すぎて断念する。かぼちゃの煮物にヨーグルトを乗せて食べると美味しいことを発見。さつま芋の甘露煮でもいいし、きんとき豆でも美味しい。これは絶対に合わないだろうと思ったものほど、合えば美味しくなる。逆に合いそうなものが全然合わなかったりする。カルピスの原液をヨーグルトにかけたときは失敗だった。「方代研究」の原稿を少し書く。〈一度だけ本当の恋がありまして南天の実が知っております〉、山崎方代の歌のなかでもっとも愛する一首。

十二月三十日(月)

ゆく年の土手に見放《みさ》くる多摩川は一年前の多摩川ならず

「わが家の十大ニュース」なるものを父は毎年決めていた。カレンダーの裏に墨書して、居間の壁に貼り出すのだった。たいがい一位は「家族健康」。二位は「秀憲失業」とか私に関する悪いこと、三位は「輪投げ大会準優勝」など自分に起きた目出度いこと。父は文字を書くのが好きだった。自作の短歌をスケッチブックに墨書していて、それが七冊、私の手元にある。〈最期まで息子を心配しておりし妻よ　あいつは頑張っている〉、父の代表歌と思っている。客観的に見て、あまり良い歌とは思えないけど、折々私を励ましてくれる。

十二月三十一日（火）

くる年のつぼみに朝の日の差
せり肩の力がまだ抜けてない

一年間書きつづけて来た日記も今日で終わり。一月一日から書いた文字数が十一万字を超えた。ものすごい文字数のようだが、原稿用紙に換算すれば二百七十五枚。多いのか少ないのかわからなくなってきた。この町に来て四度目の正月となる。近くの瀬田玉川神社で午前〇時を迎える予定。境内には樽酒、甘酒、汁粉が用意され、参拝に来た人に振る舞われるだろう。私も妻も今年と同じように樽酒を少しいただくことになるだろう。

あとがき

この本は二〇一九年の一月一日から十二月三十一日までの私の日々の行動と思いを綴った日記形式の歌集、そしてエッセイ集です。

ふらんす堂のホームページに発表したものを一冊にまとめました。

歌集としては『二丁目通信』『すずめ』『ミステリー』につぐ第四歌集、エッセイ集としては一冊目になります。

二〇一九年は時代が平成から令和に変わった年でした。そして災害の多い年でした。

あとがきを書いている今は二〇二〇年五月四日、先ほど非常事態宣言の延長が発表されました。

『オナカシロコ』に出て来る施設や店舗のほとんどが閉鎖されています。そこで知り合った人には会えないままでいます。いつになったら再び会うことができるのか、まったく何もわからない状況の中、さまざまな不安を抱えています。

もし今年、短歌日記を書いたら、どのようになったのかと思うときがあります。地名や店名などの名詞が減り、映画や本のタイトルが増えたことと思います。時代の状況は使う名詞に大きく反映されるようです。

オナカシロコは町に住む猫です。私と妻が呼ぶときに使っている名前です。他の人は別の名前で呼んでいます。

オナカシロコは二〇二〇年になっても元気です。公園のすべり台の下や月ぎめ駐車場の赤い車の下を主な居場所と定めています。

猫好きな山岡有以子さんから届くメールの末尾には「オナカシロコは元気ですか?」と書かれていることが多いです。山岡さんはふらんす堂の編集者、ホームページに連載している間も、一冊にまとめるにあたっても、細やかな心配りをしてくださいました。

本書に登場してくださった皆様には(私が勝手に登場させたのですが)、この場を借りて御礼申し上げます。ありがとうございました。

二〇二〇年五月四日

藤島秀憲

著者略歴

藤島秀憲（ふじしまひでのり）

1960年、埼玉県生まれ。法政大学経営学部卒業。

1999年の秋に短歌を始め、2001年の夏に「心の花」入会。

現在、編集委員。

NHK学園短歌講座専任講師。

歌集は『二丁目通信』（現代歌人協会賞、ながらみ書房出版賞）、『すずめ』（芸術選奨文部科学大臣新人賞、寺山修司短歌賞）、『ミステリー』（前川佐美雄賞）の3冊。

オナカシロコ onakashiroko 藤島秀憲 Hidenori Fujishima

2020.10.19 刊行

発行人 山岡喜美子

発行所｜ふらんす堂

〒182-0002 東京都調布市仙川町 1-15-38-2F

tel 03-3326-9061 fax 03-3326-6919

url www.furansudo.com email info@furansudo.com

装丁｜和 兎

印刷｜日本ハイコム㈱

製本｜㈱新広社

定価｜2000円＋税

ISBN978-4-7814-1324-2 C0092 ¥2000E

2007 十階 jikkai
東直子 Naoko Higashi

2010 静かな生活 shizukana seikatsu
岡井隆 Takashi Okai

2011 湖をさがす umi o sagasu
永田淳 Jun Nagata

2012 純白光 jyunpakuko
小島ゆかり Yukari Kojima

2013 亀のピカソ kame no Picasso
坂井修一 Shuichi Sakai

短歌日記シリーズ　定価 2000 円 + 税　以下続刊

2014 午後の蝶 Gogo no chou
横山未来子 Mikiko Yokoyama

2015 無縫の海 muhou no umi
高野公彦 Kimihiko Takano

2016 南の窓から minami no mado kara
栗木京子 Kyoko Kuriki

2017 光の庭 hikari no niwa
伊藤一彦 Kazuhiko Ito